Unnützes Wissen für Star Wars Fans

Die inoffizielle Sammlung

Die unglaublichsten & lustigsten Fakten rund um die Sternen-Saga

NUCLEO

Daniel Jess

Edition 1.2.Z

Autor:
Daniel Jess

Verlag:
Nucleo – ein Label der
my dna media GmbH
Ohmstr. 53
60486 Frankfurt am Main

Druck:
CPI Druckdienstleistungen GmbH
Ferdinand-Jühlke-Straße 7
99095 Erfurt

ISBN:
978-3-98561-047-1

NUCLEO

Fragen, Anregungen, Feedback?

Schreibe uns an **info@nucleo-verlag.de** oder besuche uns im Web auf **nucleo-verlag.de**

Für die Herstellung der ikonischen Lichtschwerter wühlte der Requisiteur Roger Christian tief in der Schrottkiste. Als Griff diente eine ausgediente Fotolampe. Dazu ein bisschen Superkleber und Teile eines alten Taschenrechners, fertig war die Waffe eines Jedis.

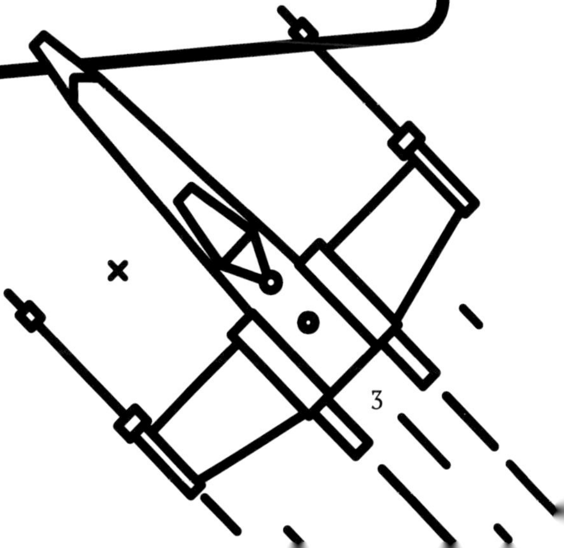

Ein ikonischer Bösewicht

Darth Vader gilt als einer der schlimmsten und bösesten Filmschurken aller Zeiten. Der ikonische Sith Lord wurde sogar vom American Film Institute auf Platz drei ihrer Liste der „100 größten Filmhelden und Bösewichte“ gewählt. Damit reiht sich der, der einst als Anakin Skywalker in der Galaxis bekannt war, hinter Dr. Hannibal Lecter (*Das Schweigen der Lämmer*) und Norman Bates (*Psycho*) ein.

Der kreative Kopf hinter allem

George Walton Lucas Jr. wurde am 14. Mai 1944 in Modesto, Kalifornien, geboren. Als Kind interessierte er sich bereits sehr für Science-Fiction und Comics. Sein Vater besaß ein Geschäft für Büromaterial und Schreibwaren. In seinen Augen sollte sein Sohn nach der Schule ins Geschäft einsteigen, aber George hatte andere Pläne. Auf dem Modesto Junior College entdeckte er seine Leidenschaft fürs Filmemachen und wechselte an die University of California, School of Cinematic Arts. Gemeinsam mit seinen Kommilitonen bildete er die Gruppe „Das dreckige Dutzend“. Viele bekannte Filme wie *Apocalypse Now, American Graffiti* oder *Howard the Duck* wurden von Mitgliedern dieser Gruppe erschaffen.

Ein Mann mit Visionen

Nachdem George Lucas sein Drehbuch zum ersten Star-Wars-Film fertiggestellt hatte, machte er sich auf die Suche nach einem Produktionsstudio. Fündig wurde er bei 20th Century Fox. Im Gegensatz zu Lucas selbst war man hier nicht vollends vom kommerziellen Erfolg der Idee überzeugt, weswegen man ihm einige Rechte zusagte. So behielt Lucas alle Rechte an potenziellen Fortsetzungen und an sämtlichem Merchandise zu *Star Wars*. Ihr könnt euch sicher vorstellen, wie viel Geld über die Jahre so mit dem Verkauf von Figuren, Frühstücksmüsli, Bettwäsche, Pullovern – allem, was eine Verbindung zu dem Sternenkriegeruniversum aufweist – in den Geldbeutel von George Lucas wanderte.

Ein lukratives Universum

Seit dem ersten Kinostart sind die Star-Wars-Filme ein wahrer Zuschauermagnet mit noch nie dagewesenen Ticketeinnahmen. So haben die Episoden *I–IX* insgesamt knapp 9 Milliarden US-Dollar an den Kinokassen eingespielt. Dazu kommen noch die diversen Veröffentlichungen auf VHS, DVD und Blu-Ray – nicht zu vergessen das Merchandise. Das Forbes Magazin schätzte bereits 2005 die Geldsumme, die mit Star-Wars-Fanartikeln bisher umgesetzt wurde, auf ungefähr 20 Milliarden US-Dollar. Zu dem Zeitpunkt waren die Episoden *VII–IX* noch nicht einmal gedreht.

Keine Episode verpasst

Als der erste Star-Wars-Film am 25. Mai 1977 in den USA Premiere feierte, stand im Vorspann noch nichts von *Episode IV* und einem Untertitel. Hierzulande kam der Film unter dem Namen *Krieg der Sterne* ins Kino – ganz ohne den Hinweis auf eine neue Hoffnung oder Ähnliches. Das große Universum, zu dem sich das Franchise noch entwickeln würde, lag noch in weiter Ferne. Tatsächlich hatte das Filmstudio George Lucas sogar verboten, dem Film eine Episodennummer zu geben, um die Zuschauer nicht zu verwirren. Es gab schließlich keine Folgen 1–3, die davor veröffentlicht wurden. Außerdem war eine Fortsetzung noch nicht bestätigt. Die Einteilung in Episoden im Lauftext-Vorspann erfolgte im Jahr 1980 mit der Veröffentlichung von *Das Imperium schlägt zurück*. Daraufhin erhielt auch der erste Film seine Episodennummer IV erst mit der Neuaufführung im Kino 1981.

Getrennte Geschwister

Luke und Leia wurden nach ihrer Geburt voneinander getrennt und bei Pflegeeltern vor ihrem Vater Darth Vader versteckt. Luke wurde auf Tatooine bei Owen und Beru Lars auf einer Feuchtfarm großgezogen. Leia kam nach Alderaan zu Senator Bail Organa und seiner Frau Breha Antilles Organa. So wurde Leia zur Prinzessin, weil Breha die Königin von Alderaan war.

kurz & knapp

Teile der Sumpfszenen auf Dagobah wurden in George Lucas‘ damals noch unfertigen Swimming Pool gedreht. Beispielsweise entstand das Bild des nicht genauer bekannten Sumpfmonsters, welches R2-D2 verfolgt, auf seinem Anwesen.

Bei der Erschaffung der Jedi ließ sich George Lucas von den Samurai im alten Japan inspirieren. Auch der Name hat seine Wurzeln in Fernost. Als „Jidai-geki“ wird in Japan das Filmgenre der Historienfilme bezeichnet.

C-3PO ist ein Protokolldroide. Der Roboter-Mensch-Kontakter beherrscht nach eigener Aussage über sechs Millionen Kommunikationsformen.

George Lucas hatte kurz überlegt, Darth Vader und Boba Fett zu Brüdern zu machen. Allerdings hätte das zu sehr vielen Herausforderungen für die restliche Geschichte geführt, weswegen er davon absah.

kurz & knapp

George Lucas war nach dem Dreh von *Episode IV – Eine neue Hoffnung* körperlich so ausgelaugt, dass er für die nächsten beiden Episoden und eine lange Zeit danach nicht mehr bei einem Film Regie führte. Erst 1999 nahm er für *Episode I – Die dunkle Bedrohung* wieder auf dem Regiestuhl Platz.

Kein Wunder, dass uns dieses Kleidungsstück bekannt vorkommt. In der Serie *The Clone Wars* trägt Anakin Skywalker bereits die gleiche Brust- und Schulterrüstung, wie er sie später als Darth Vader auch tragen wird.

Die Puppe von Baby Yoda in *The Mandalorian* wird von vier Puppenspielern bewegt. Einer kontrolliert die Augen, während ein Zweiter Mund und Ohren bewegt. Ein Dritter kümmert sich um den Körper und die Arme, während der Vierte den Kopf dreht.

Darth Maul hat insgesamt zehn Hörner auf dem Kopf. Davon sind acht wie eine Krone auf der Schädeldecke angeordnet und zwei befinden sich an den Schläfen.

Animalische Macht

Grün, klein, alt, verschrumpelt, geht am Stock, besitzt etwas traurig wirkende große Augen, riesige Ohren, Krallen an den Fingern, trägt einen abgewetzten Mantel. Na, wer ist das? Die richtige Antwort lautet natürlich Yoda. Er ist einer von vielen unverkennbaren Charakteren aus der Galaxis. Aber um ein Haar hätte der Großmeister der Jedi ganz anders ausgesehen. Sehr lange hielt George Lucas an der Idee fest, ein dressierter und kostümierter Affe solle die Rolle des Yoda verkörpern. Tatsächlich fanden sogar einige Testaufnahmen statt. Letzten Endes scheiterte der Plan, weil das Tier sich immer wieder die Maske vom Gesicht riss, die es eigentlich tragen sollte, und nicht von den Trainern gebändigt werden konnte. So kam es, dass Yoda von der berühmten Puppe gespielt wurde.

Ein machtvolles Universum

Eines der zentralen Themen in *Star Wars* ist die „Macht", die den Jedi und den Sith ihre Stärke verleiht. Ein Energiefeld, das von allen Lebewesen in der Galaxis geschaffen wird. Wie Obi-Wan Kenobi so schön sagt: „Es umgibt uns, es durchdringt uns, es hält das Universum zusammen". George Lucas ließ sich für diese Idee von verschiedenen Weltreligionen, Philosophien und spirituellen Praktiken inspirieren – darunter Buddhismus, Zen, Shintoismus und Taoismus.

Teilweise vergraben

Im Wald von Endor setzen die imperialen Truppen während des Kampfes gegen die Rebellen und die Ewoks in *Episode VI – Die Rückkehr der Jedi-Ritter* sogenannte Allterrain-Scouttransporter, kurz AT-ST ein. Der letzte AT-ST wird dabei von Chewbacca und zwei Ewoks gekapert. Nach Abschluss des Drehs sollte das Model des zweibeinigen Läufers, immerhin 8,60 Meter hoch, auf dem Gelände der Skywalker Ranch in Kalifornien aufgestellt werden. Leider wurde der Läufer für den Transport dahin in so viele Einzelteile zerlegt, dass ein Wiederaufbau nicht mehr gelang. Jetzt liegen die Einzelteile irgendwo auf dem Gelände vergraben.

Neu gegründet

Um die Spezialeffekte für *Episode IV – Eine neue Hoffnung* produzieren zu können, gründete George Lucas im Mai 1975 sein eigenes Studio für Tricktechnik. In einer Lagerhalle in Van Nuys, einem Stadtteil von Los Angeles, entstand Industrial Light and Magic (kurz ILM). Unter der Leitung von John Dykstra wurde hier Tag und Nacht an den Spezialeffekten gewerkelt und eigens für den Film neue Technik entworfen. Noch heute ist ILM wegbereitend im Bereich der visuellen Effekte in Filmen und konnte mehrere Auszeichnungen einfahren.

Kanon und Legende

Das Star-Wars-Universum beschränkt sich längst nicht nur auf die großen Episodenfilme. Seit *Episode IV – Eine neue Hoffnung* über die Leinwand flimmerte, saßen viele kreative Köpfe daran, neue Geschichten in Form von Büchern, Videospielen oder TV-Serien herauszubringen und so das Universum zum sogenannten „Expanded Universe" stetig zu erweitern. Das führte allerdings zu Problemen, denn es wurde immer unübersichtlicher, welche Geschichte nun an welche Vorerzählung anknüpft. George Lucas ordnete die bisher erzählten Geschichten im Jahr 2000 schließlich in „Kanon", zur offiziellen Geschichte gehörig, und in „Non-Kanon" ein. Diese Einteilung war bis 2014 gültig. Nachdem der Disney-Konzern 2012 das Star-Wars-Franchise übernommen hatte, sortierte er die bisher erzählten Geschichten erneut. Alle großen Kinofilme, inklusive *Rogue One* und *Solo – A Star Wars Story,* sowie alle nach 2014 produzierten Serien, Bücher und Videospiele sind offiziell „Kanon", der ganze Rest fällt unter die Kategorie „Legends", die zu den Legenden und Mythen und nicht mehr zur eigentlichen Erzählung gehören.

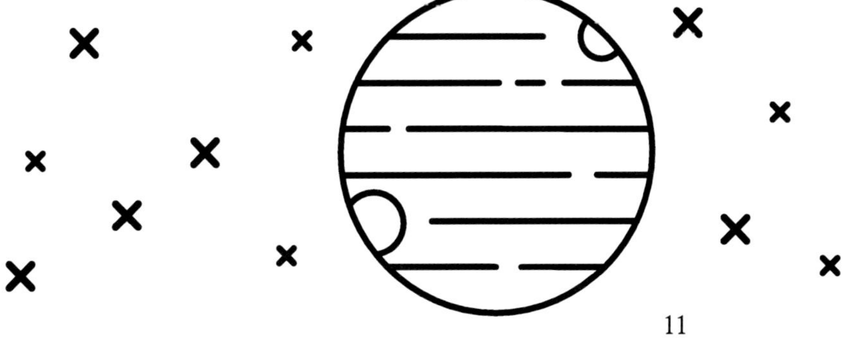

Geschichtliche Einordnung

Auch in der Galaxis besteht ein Jahr aus 365 Tagen. Lediglich der Startpunkt ist ein anderer. Die Zeitrechnung im Star-Wars-Kosmos orientiert sich an der Schlacht von Yavin, dem Kampf um den ersten Todesstern. Wir alle haben das Gefecht, in dem schlussendlich die Raumstation durch zwei von Luke Skywalker abgefeuerte Protonentorpedos zerstört wird, in *Episode IV – Eine neue Hoffnung* miterlebt. Das Imperium ergriff 19 Jahre vor der Schlacht von Yavin (VSY) die Macht; die Ereignisse aus *Episode IX – Der Aufstieg Skywalkers* spielen 35 Jahre nach der Schlacht von Yavin (NSY).

Falscher Spinnensinn

Noch bevor der erste Star-Wars-Film ins Kino kam, versuchten die Macher, Stan Lee von Marvel Comics zu überzeugen, einen Comic aus dem Sternenabenteuer zu machen. Aber der damalige Verlagsleiter und Schöpfer von Figuren wie Wolverine, Spider-Man oder den Avengers lehnte ab. Also ging man zu Roy Thomas, ebenfalls ein hohes Tier bei Marvel. Bei ihm gelang die Überzeugungsarbeit und Marvel brachte kurz nach Kinostart von *Episode IV – Eine neue Hoffnung* das erste von sechs Comics zum Film auf den Markt. Der Verkauf lief so erfolgreich, dass die Serie bis ins Jahr 1987 und insgesamt auf 107 Ausgaben ausgeweitet wurde.

Drei Trilogien, eine Erzählung

Die Star-Wars-Episoden werden in Trilogien eingeteilt, die jeweils für sich stehen können, zusammengefügt aber ein Ganzes ergeben. Zuerst entstand die sogenannte „Original-Trilogie", bestehend aus *Episode IV–VI*, welche die Geschichte um Luke Skywalker und seinen Vater Darth Vader erzählt. Die drei Filme erschienen zwischen 1977 und 1983. Danach passierte lange Zeit nichts, ehe 1999 mit *Episode I – Die dunkle Bedrohung* die „Prequel-Trilogie" erschien. Über drei Filme verfolgen wir Anakin Skywalker, wie er als Junge zum Padawan wird, sich in Padmé Amidala verliebt und schlussendlich zu Darth Vader wird, dem dunklen Lord der Sith. Im Jahr 2015 startete dann mit *Episode VII – Das Erwachen der Macht* die „Sequel-Trilogie". Hier bekommen wir viele neue Gesichter wie Rey, Kylo Ren und Poe Dameron zu sehen, aber auch liebgewonnene Helden aus der Original-Trilogie dürfen wieder begrüßt werden.

Voll ins Gesicht

Mark Hamill, der Darsteller von Luke Skywalker, verunglückte noch während der Dreharbeiten zu *Episode IV – Eine neue Hoffnung* schwer mit seinem Auto und erlitt mehrere Knochenbrüche im Gesicht. Laut Gerüchten soll der Angriff des Wampas auf Luke auf Hoth in *Episode V – Das Imperium schlägt zurück* nachträglich ins Drehbuch geschrieben worden sein, um seine Narben im Gesicht zu erklären.

Falsch zitiert

„Luke, ich bin dein Vater“ – Worte, die uns erschaudern lassen und bei denen wir sofort Bilder im Kopf haben, wie sich Darth Vader im Zweikampf in der Wolkenstadt Bespin in *Episode V – Das Imperium schlägt zurück* seinem Sohn Luke offenbart. Unzählige Male wurde dieser Satz auf der Welt seitdem in unterschiedlichsten Situationen zitiert, persifliert und sonst wie gebraucht. Aber tatsächlich sagt Vader den ikonischen Satz so gar nicht! Der Dialog zwischen Luke und Vader läuft so ab:
Vader: „Obi-Wan hat dir nie erzählt, was wirklich mit deinem Vater geschehen ist.“
Luke: „Er hat mir genug erzählt. Er hat mir gesagt, dass Sie ihn umgebracht haben!“
Vader: „Nein! Ich bin dein Vater!“

Der Ton macht den Droiden

Manchmal lauert die Inspiration für einen Namen hinter der nächsten Ecke. Der Astromech-Droide R2-D2 erhielt seinen Namen bereits am Set von Lucas‘ früherem Film *American Graffiti.* Als er gerade dabei war, den Ton abzumischen, meinte sein Tontechniker Walter Murch zu ihm: „Bring mir mal bitte R2 D2 aus dem Schrank“. Gemeint war „Rolle 2, Dialog 2“. Lucas gefiel der Ausdruck so gut, dass er ihn in seinem nächsten Projekt verwendete.

Erste Wahl für die Rolle des Anakin Skywalker in *Episode II – Angriff der Klonkrieger* war Leonardo DiCaprio.

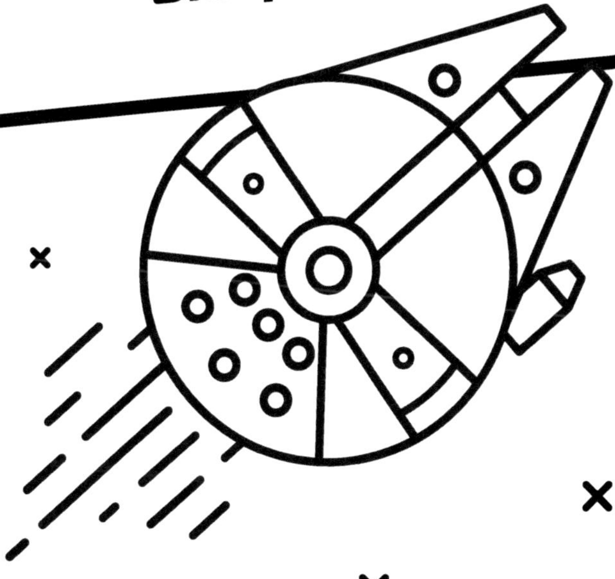

Zieh mir was an

In *Episode I – Die dunkle Bedrohung* erfahren wir, dass C-3PO von dem jungen Anakin Skywalker gebaut wurde. Allerdings ist er hier nur ein rudimentäres Gestell ohne Ummantelung. In *Episode II – Angriff der Klonkrieger* ist er plötzlich so zu sehen, wie wir ihn kennen. Woher also hat er plötzlich seine Rüstung? In einer Szene aus *Episode II*, die es letztendlich nicht in den fertigen Film schaffte, sieht man den Droiden, noch als Skelett, im Gespräch mit Padmé Amidala. Auf seine Bemerkung hin, dass er sich nackt fühle, ist es die ehemalige Königin und jetzige Senatorin von Naboo, die C-3PO seine ikonische Rüstung anzieht.

Farmer George

Mit dem Geld, das George Lucas mit *Episode IV – Eine neue Hoffnung* verdiente, realisierte er viele kreative Projekte, die ihm im Kopf herumgingen. Neben diversen Firmen gründete er unter anderem die Skywalker Ranch. Die Farm liegt in der Nähe von Nicasio in Kalifornien und soll laut Lucas ein „Rückzugsort für Filmemacher" sein. Seit dem Kauf im Jahr 1978 wird die Skywalker Ranch stetig ausgebaut, insgesamt soll sie bisher laut dem Wall Street Journal knapp 100 Millionen US-Dollar gekostet haben. Sie besitzt hochmoderne Video- und Schnitträume, eine große Bibliothek, ein Fitnessstudio und sogar eine eigene Feuerwehr.

kurz & knapp

Für den ersten Eröffnungstext in *Episode IV* wurde noch echte Handarbeit benötigt. Es wurden ausgestanzte Buchstaben auf ein knapp 60 Zentimeter breites und 1,80 Meter langes, schwarzes Stück Papier gelegt. Die Kamera fuhr langsam darüber, um das „Laufen“ des Texts zu imitieren. Es dauerte drei Stunden, bis die Aufnahme im Kasten war.

Prinzessin Leias berühmte Frisur mit den zu Schnecken gerollten Zöpfen an der Seite hat einen historischen Ursprung. Clara de la Rocha war anfangs des 20. Jahrhunderts eine Freiheitskämpferin in der mexikanischen Revolution. Die Nationalheldin trug ihre Haare ebenfalls so.

Auch wenn es in den Filmen nicht thematisiert wird, Chewbacca hatte eine Familie. Sein Vater hieß Attichitcuk. Er hatte eine Frau, Mallatobuck, und einen Sohn mit Namen Lumpawaroo. Nach Kashyyyks Befreiung von der Ersten Ordnung kehrte der Wookiee nach Hause zurück.

kurz & knapp

Die Zwillinge Luke und Leia wurden auf Polis Massa, einem Asteroiden am Äußeren Rand der Galaxis, geboren. Dies ist auch der Ort, an dem ihre Mutter Padmé Amidala starb.

Natalie Portman, die Schauspielerin von Padmé Amidala, ging während der Dreharbeiten von *Episode I – Die dunkle Bedrohung* noch zur Schule. Tagsüber büffelte sie, abends stand sie vor der Kamera. In den Ferien flog sie nach Tunesien, um dort ihre Szenen abzudrehen.

Das TIE in TIE-Fighter, dem Kurzstrecken-jagdflieger des Imperiums, bezeichnet den speziellen Antriebstyp. Es steht für „Turbo Ionen Energie", dem doppelten Ionenantrieb, was ihn besonders schnell macht.

Yodas Gesicht ist eine Nachbildung des Antlitzes von Maskenbildner und Make-up-Designer Stuart Freeborn, kombiniert mit dem von Physiker Albert Einstein. Der Brite war an den Episoden *IV–VI* beteiligt. Er hat auch den riesigen Wookiee und Han Solos besten Freund Chewbacca erschaffen.

Ein eigener Feiertag

Die ganze Welt feiert am 4. Mai eines jeden Jahres den so genannten Star-Wars-Tag. Das Datum geht zurück auf den berühmten Satz der Saga: *„May the Force be with You!“*, auf Deutsch „Möge die Macht mit Dir sein!“. Der erste Teil des Satzes klingt sehr ähnlich wie *„May the fourth“*, was übersetzt „Der 4. Mai“ bedeutet. Kein Wunder also, dass sich dieser Tag perfekt zum Feiern der Saga eignet.
Fun Fact: Vor einigen Jahren leistete sich ein deutscher Dolmetscher im Fernsehen einen lustigen Fehler. George Lucas sprach den Satz auf einer Pressekonferenz aus. Der Dolmetscher übersetzte ihn mit: „Am 4. Mai sind wir bei Ihnen“. Im Internet ist dieser peinliche Moment natürlich noch zu finden.

Michse sein King of Pop

Wenn ihr den Namen Michael Jackson hört, denkt ihr wahrscheinlich an den großen Sänger, der mit Hits wie *Thriller, Bad* oder *Black or White* zu absolutem Weltruhm aufstieg. Weniger bekannt ist hingegen, dass der Starmusiker beinahe die Rolle von Jar Jar Binks in *Episode I – Die dunkle Bedrohung* übernommen hätte. Allerdings wollte er in einem Ganzkörperanzug und nicht als rein digitale Figur auftreten. Deswegen entschied man sich letztendlich doch für den Broadway-Schauspieler Ahmed Best.

Unter falschem Namen

Logischerweise war nach *Episode V – Das Imperium schlägt zurück* und den dramatischen Enthüllungen über Lukes Vater Darth Vader der Hunger der Fans nach einer Fortsetzung riesig. Um nicht auf Anhieb zu verraten, dass man an *Episode VI – Die Rückkehr der Jedi-Ritter* arbeitete, verwendete das Filmteam anfangs den Projektnamen *Blue Harvest*, ehe man den eigentlichen Namen enthüllte. Man streute sogar das Gerücht, einen Horrorfilm zu drehen, um die Presse fernzuhalten. Später wurde der Titel unter anderem für eine Folge der Zeichentrickserie *Die Ewoks* wiederverwendet, auch die Star-Wars-Parodie in der Fernsehserie *Family Guy* trägt diesen Namen.

Wild zusammengestellt

Das erste Mal erscheint der Imperator als Hologramm im Gespräch mit Darth Vader in *Episode V*. In der Urfassung des Films war sein Gesicht eine Mischung aus dem einer älteren Frau namens Marjorie Eaton und den Augen eines Schimpansen. Der Schauspieler Clive Revill lieh ihm die Stimme. Erst in den Special Editions wurde hier das Gesicht von Ian McDiarmid eingefügt, der in *Episode VI* erstmalig den Imperator verkörperte.

kurz & knapp

Die Rebellensoldaten, die während der Schlacht von Hoth in *Episode V – Das Imperium schlägt zurück* in den Schützengräben zu sehen sind, wurden von Skifahrern der norwegischen Bergrettung gespielt. Als Dankeschön für ihren Einsatz als Statisten spendete die Produktionsfirma Lucasfilm an das Norwegische Rote Kreuz.

Was wäre *Star Wars* ohne die Musik? Verantwortlich für den großartigen Soundtrack war in allen Episoden der Komponist John Williams. Neben der Filmmusik zu *Star Wars* schrieb er unter anderem auch die Musik für *Indiana Jones, Der weiße Hai* oder die ersten drei Harry-Potter-Filme.

In den USA wurde im November 2001 der erste Trailer zu *Episode II – Angriff der Klonkrieger* veröffentlicht. Er lief im Kino vor dem Pixar-Film *Die Monster AG*. Wohl auch deswegen legte der Streifen den bis dahin erfolgreichsten Kinostart eines Animationsfilms hin.

kurz & knapp

Auch wenn es in der Galaxis jede Menge Sprachen gibt, eine beherrschen die meisten. Sie ist deswegen die vorherrschende Kommunikationsform. Ihr Name lautet Galaktisches Basic. Für uns ist es einfach die Sprachfassung, in der wir die Filme genießen.

Um den riesigen Körper von Jabba dem Hutten in *Episode VI – Die Rückkehr der Jedi-Ritter* zu bewegen, waren gleich mehrere Personen notwendig. Zu dritt saßen sie im Kostüm des Widerlings – während sich zwei um jeweils einen Arm und Mundwinkel kümmerten, bewegte der Dritte den Schwanz.

Einer der bekanntesten Ausrufe in *Star Wars,* den aber kaum einer versteht, ist sicherlich „Utinni!“ aus der Sprache der Jawas auf Tatooine. Übersetzt werden kann es in zwei Varianten. Einmal bedeutet es so viel wie „Wow, der Hammer“, aber es meint auch „Nun komm schon“.

Unflätige Blechbüchse

In frühen Versionen des Drehbuchs sprach R2-D2 noch Englisch und nicht in Piepstönen. Tatsächlich verfügte er über ein derbes und nicht ganz jugendfreies Vokabular. Viele Flüche und Beleidigungen kamen aus dem Sprachmodul des Droiden. Besonders sein Kompagnon C-3PO wurde Opfer seiner Schimpftiraden. Schlussendlich änderte sich seine Stimme zum Piepen, einzelne Reaktionen von C-3PO lassen aber noch die ursprüngliche Bedeutung erahnen.

Im Geheimdienst Ihrer Neuen Ordnung

Für viele unbemerkt hat es ein britischer Geheimagent zu den Sturmtruppen geschafft. Schauspieler und James-Bond-Darsteller Daniel Craig schlüpfte in *Episode VII – Das Erwachen der Macht* in die weiße Rüstung und mimte einen der Bewacher von Rey. Möglich wurde es, weil er während des Drehs des Bond-Films *Spectre* auf den Regieassistenten traf, der zeitgleich auch bei *Episode VII* engagiert war und ihn kurzerhand nach einer Rolle fragte. Gut getarnt, mit Helm und einem Stimmenverzerrer, ist er natürlich nicht zu erkennen. Im Abspann findet ihr ihn unter der Kennziffer FN-1824.

Das kann ins Auge gehen

In *Episode IV – Eine neue Hoffnung* stürzen unsere Helden auf der Flucht vom Todesstern in einen Müllschacht. Hier wird Luke Skywalker von einem gruseligen Wesen unter Wasser gezogen und beinahe ertränkt. Tatsächlich hielt Schauspieler Mark Hamill in dieser Szene so lange die Luft an, dass ihm ein Blutgefäß im Auge platzte. In der Folge war es so stark gerötet, dass er für die nächsten Drehtage nur noch von der Seite gefilmt werden konnte, bis das Auge wieder verheilt war.

Wer ist das denn?

In *Episode VI – Die Rückkehr der Jedi-Ritter* erleben wir, wie Darth Vader in Luke Skywalkers Armen stirbt. Er bittet seinen Sohn, ihm die Maske abzunehmen, damit er ihn einmal mit seinen eigenen Augen sehen kann. In dieser emotionalen Szene wird Vader von Sebastian Shaw gespielt. Er ist es auch, der am Ende des Films als Macht-Hologramm neben Yoda und Obi-Wan Kenobi erscheint. Wobei, halt, stopp! Seit 2004 steht er gar nicht mehr neben den anderen Jedi. Seitdem steht an seiner Stelle nämlich Hayden Christensen, der in den Episoden *II* und *III* den jungen Anakin verkörperte. Eine weitere nachträgliche Änderung der Filme, die von den Fans höchst kontrovers aufgenommen wurde.

Als Inspiration für den Planetennamen Tatooine, dem Heimatplaneten von Anakin und Luke Skywalker, diente der real existierende Ort Tataouine. Er liegt in Tunesien, ungefähr fünf Stunden Autofahrt von den Drehorten in Tozeur entfernt.

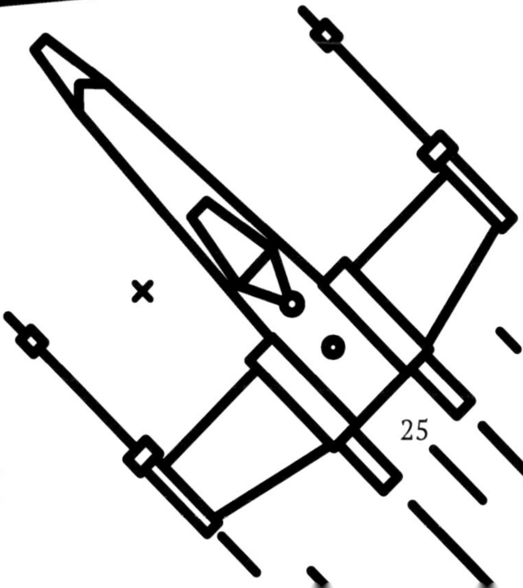

Der besondere Liebesdialog

Am Ende von *Episode V – Das Imperium schlägt zurück* wird Han Solo in Karbonit eingefroren. Kurz bevor er in die Anlage herabgelassen wird, schreit Prinzessin Leia ihm zu: „Ich liebe dich!" Solo erwidert darauf trocken: „Ich weiß." Tatsächlich wurde diese Antwort von Schauspieler Harrison Ford nach einem Gespräch mit Regisseur Irvin Kershner spontan geändert, laut Drehbuch sollte der Schmuggler eigentlich mit etwas Alltäglicherem wie „Ich liebe dich auch" antworten.

Vom Sternentöter zum Himmelswanderer

Luke Skywalker hieß laut Drehbuch nicht immer so. In den ersten Fassungen des Skripts, die auch beim Drehstart benutzt wurden, hatte der Held noch den Nachnamen Starkiller. George Lucas änderte im Verlauf den Namen zu Skywalker, weil er bei dem ursprünglichen Nachnamen „unangenehme Vorstellungen" von Charles Manson bekam. Manson war der Anführer einer nach ihm benannten Sekte, die in dessen Auftrag Anfang der 1970er-Jahre mehrere Morde verübte. Da zu diesen Übergriffen auch der Mord an Schauspielerin Sharon Tate zählte, schien es George Lucas dann doch eher unangebracht, den Protagonisten (lose übersetzt) „Star Töter" zu nennen.

Liegen gelassen

Nachdem C-3PO und R2-D2 in *Episode IV* auf ihrer Flucht vor dem Imperium mit ihrer Rettungskapsel auf Tatooine gestrandet sind, durchstreifen die Droiden die Wüste. Unter anderem läuft C-3PO dabei an einem riesigen Skelett vorbei. Hierbei handelt es sich um einen jungen Krayt-Drachen, wie sie auf Tatooine heimisch sind. Tatsächlich waren diese künstlichen Fiberglas-Knochen schon in einem anderen Film zu sehen. In Disneys *Wer hat unseren Dinosaurier geklaut?* von 1975 stellten sie das Skelett eines Diplodocus-Sauriers dar. Nach Drehende wurde es in der Wüste von Tunesien, dem Drehort für den Planeten Tatooine, liegen gelassen. Es war schlicht zu groß, um wieder zurücktransportiert zu werden. Als man für den Dreh von *Episode II* wieder zurückkam, konnte man das Skelett wiederfinden und abtransportieren.

Ausbeulen bitte

Wenn ihr euch in *Episode VIII* die mechanische Hand von Luke Skywalker genau anschaut, könnt ihr am Handrücken eine Verformung erkennen. Fans kombinieren natürlich sofort, dass die Delle damals während des Kampfes mit Jabba und seinen Schergen entstanden sein muss. Bei Han Solos Rettung an der Grube von Carkoon, wo der mächtige Sarlacc haust, wurde Luke von einem Blaster in ebendiese künstliche Hand geschossen. Er trug seitdem in *Episode VI* einen Handschuh.

Bitte freimachen

Carrie Fisher durfte als Prinzessin Leia keinen BH unter ihrem weißen Kleid tragen. George Lucas verbot es ihr, da es im Weltall keine BHs und dergleichen gebe. Er sagte das mit solch einer Überzeugung, dass Fisher einfach akzeptierte. Jahre später, als Fisher diese Anekdote in ihrem Bühnenprogramm erzählte, kam Lucas anschließend zu ihr und erklärte es ihr wissenschaftlich. Im Weltall gibt es keine Schwerkraft, also schwillt der Körper an, man wird größer. Die Unterwäsche aber nicht, in der Folge würde man von einem BH möglicherweise erdrosselt werden.

Voll verarscht

Nur die wenigsten wussten am Set von *The Mandalorian* darüber Bescheid, dass der „echte“ Luke Skywalker in der letzten Folge der zweiten Staffel zurückkehren würde. Während eine Handvoll Techniker bei ILM an dem Deepfake-Gesicht des jungen Jedi arbeiteten, brachte Produzent Jon Favreau persönlich das Drehbuch zu Mark Hamill. Um das Ende der Staffel weiter zu verschleiern, wurden extra falsche Aufnahmen gedreht. Alles sollte darauf hindeuten, dass der Jedi Plo Koon, ein ehemaliges Mitglied des Hohen Rats und der Lieblingsjedi von Regisseur Dave Filoni, Grogu abholen würde.

Bis zuletzt nicht an Erfolg geglaubt

George Lucas war alles andere als überzeugt davon, dass *Episode IV – Eine neue Hoffnung* ein finanzieller Erfolg werden würde. Um sich zumindest ein bisschen Bestätigung zu holen, organisierte er wenige Wochen vor der Premiere weitere Testsichtungen in Kinos mit 17- bis 25-jährigen Jugendlichen, seiner angestrebten Zielgruppe. Als nach Ablauf des Abspanns sogar stehende Ovationen für sein Werk folgten, fühlte er sich endlich überzeugt, dass sein Film ein Erfolg werden könnte.

Dir guckt da was raus

Als Luke Skywalker und Obi-Wan Kenobi in *Episode IV – Eine neue Hoffnung* die Cantina von Mos Eisley betreten, zeigt uns die Kamera jede Menge mehr oder weniger komisch bis bedrohlich aussehende Wesen. Gleich das Erste fällt mit seinen leuchtenden Augen besonders auf. Sein Name lautet Hem Dazon und er stammt vom Planeten Cona. In der Urfassung des Films ragte dieser Figur noch ein merkwürdiges Stück Metall aus dem Hinterkopf. Es war das Ende der Taschenlampe, mit der die Techniker des Kostüms die Augen zum Leuchten brachten und die keinen Platz mehr im Kopf fand. In den Neuauflagen wurde der Taschenlampenrest digital entfernt.

Pew Pew Pew

Manch ein Schauspieler konnte sich am Set einfach nicht zusammenreißen. Selber Fans von *Star Wars*, imitierten sie während des Drehs berühmte Geräusche. Ewan McGregor und Hayden Christensen gaben in Interviews zu, immer das Brummen und Zischen von Lichtschwertern nachgeahmt und so manch einen Take versaut zu haben. Auf der Star Wars Convention 2017 erzählte Christensen die Anekdote, wie George Lucas einmal nach einer Kampfszene zu ihm kam und meinte: „Ich sehe, wie sich dein Mund bewegt. Du musst das nicht machen, wir fügen die Toneffekte später ein." Laura Dern, die in *Episode VIII – Die letzten Jedi* Vize-Admiral Holdo verkörperte, machte gerne „Pew Pew Pew!" während sie Blasterschüsse abgab. Und auch Carrie Fisher sagte laut „Bang Bang!", wenn sie eine Waffe abfeuerte.

Lebensmittel im Weltraum

In einer spannenden Szene in *Episode V – Das Imperium schlägt zurück* wird der Millennium Falke von mehreren TIE-Fightern durch ein riesiges Asteroidenfeld verfolgt. Das Special-Effects-Team hatte nicht genügend Material, um ausreichend Asteroiden bauen zu können. Also entschied man sich, ein paar bemalte Kartoffeln zu verwenden, die im Hintergrund als Gesteinsbrocken durchs All fliegen, und so das Feld zu vergrößern.

kurz & knapp

Eigentlich durfte jeder Schauspieler beim Design seines Lichtschwerts ein Wörtchen mitreden und persönliche Vorlieben einfließen lassen. Alle bis auf Hayden Christensen, weil das Aussehen seines Schwerts ja bereits durch *Episode IV – Eine neue Hoffnung* vorgegeben war.

Finn ist ein Sturmtruppler, der sich zu Anfang von *Episode VII – Das Erwachen der Macht* von der Ersten Ordnung abwendet und flieht. Seine ursprüngliche Kennungsziffer lautet FN-2187. Dies ist dieselbe Zahl, die auch Leias Gefängniszelle in *Episode IV – Eine neue Hoffnung* aufweist.

Der Kommunikator, den Qui-Gon Jinn in *Episode I – Die dunkle Bedrohung* auf Tatooine benutzt, ist eigentlich ein ganz anderes Gerät. Hierbei handelt es sich nämlich um einen Damenrasierer, den Gilette Sensor Excel.

Als George Lucas mit dem Dreh von *Episode I – Die dunkle Bedrohung* begann, hatte der Film noch nicht diesen schmissigen Titel. Bis kurz vor Drehende hieß der Film schlicht *The Beginning*.

kurz & knapp

Ahsoka Tano und Darth Vader haben bereits miteinander gekämpft. In der Serie *Star Wars Rebels* trifft sie auf den Mann, der einst ihr Lehrer Anakin Skywalker war. Im Duell gelingt es ihr sogar, die Maske des Dunkeln Lords zu zerschlagen.

Die DVD von *Episode I – Die dunkle Bedrohung* war bereits drei Monate vor Veröffentlichung durch Vorbestellungen die meistverkaufte DVD beim Versandhaus Amazon. Ungefähr 2,2 Millionen Einheiten gingen in den ersten zwei Wochen nach Erscheinen übers Kassenband.

Dass Chewbacca nur Pelz, aber keine Kleidung trug, machte die Studiobosse anfangs ziemlich nervös. Mark Hamill verriet in einem Tweet, dass sie sogar vorschlugen, der Wookiee könnte ja so etwas wie Lederhosen tragen.

So schnell sind Helle und Dunkle Seite vereint: Yoda und Darth Maul teilen sich in der deutschen Synchronisation denselben Sprecher. Beide werden von Tobias Meister gesprochen.

Ungeklärte Vaterschaft

Kaum zu glauben, aber in den ersten Drehbüchern zu *Episode V – Das Imperium schlägt zurück* steht noch nichts davon, dass Darth Vader Lukes Vater ist! Angeblich kam diese Idee auch nicht von George Lucas selbst, sondern von Willard Huyck, seinem langjährigen Freund und Co-Autoren am früheren gemeinsamen Projekt *American Graffiti.* Lucas‘ Ex-Frau Marcia erinnert sich in einem Interview, dass beide bei einem gemeinsamen Abendessen Ideen austauschten und es dabei zur Sprache kam. So oder so: Hauptsache, man hatte diese Idee, denn so kam es zu einem der bedeutendsten und dramatischsten Momente der Filmgeschichte, als Vader sich seinem Sohn offenbart.

In der Kürze liegt die Würze

Am Set von *Episode IV* herrschte mitunter eine angespannte Stimmung zwischen Regisseur George Lucas und den Schauspielern. Lucas ist ein schweigsamer Mann und wenig kommunikativ, entsprechend kurz fielen seine Anweisungen aus. Häufig bestanden sie nur aus zwei Instruktionen. Entweder sagte er *„faster“* (schneller) oder *„more intense“* (intensiver). Die Crew nahm es mit Humor. Eines Tages, als Lucas aufgrund einer Erkältung am Set nicht sprechen konnte, drückten sie ihm zwei Tafeln in die Hand. Auf denen stand einfach nur *„faster“* und *„more intense“*. So konnte er sich sogar diese Worte sparen.

Alles Einzelstücke

Das Lichtschwert, die berühmte Waffe der Jedi und Sith, wird von Kyberkristallen angetrieben. Sie reagieren auf die Macht, die durch den Träger fließt. Die seltenen Stücke sind überall in der Galaxis verbreitet, aber schwer zu finden. Das größte Vorkommen findet sich in der Kristallhöhle auf dem Schneeplaneten Ilum. Hierhin reisen junge Padawane, um ihren Kristall für ihr persönliches Schwert zu schürfen. Bei der Reaktion auf die Macht des Trägers wechseln die Kristalle ihre Farbe, meistens zu Grün oder Blau für einen Jedi. Es gibt allerdings auch Ausnahmen, beispielsweise das lila Schwert von Mace Windu. Ein Sith hingegen unterdrückt das Wesen des Steins und formt ihn nach seinem Willen. Der Kristall beginnt daraufhin zu „bluten", wodurch eine rot gefärbte Klinge entsteht.

Hau-Drauf-Geschichte

Die Tusken-Räuber auf dem Wüstenplaneten Tatooine kämpfen mit einer speziellen Kampfkeule, dem sogenannten Gaderffii. Der richtige Umgang erfordert langes Training, wie es der Kopfgeldjäger Boba Fett in der Serie *Das Buch von Boba Fett* erfährt. Die Requisiteure erschufen die Waffe, indem sie eine historische Totokia-Keule von den Fidschi-Inseln nahmen und an deren Ende einen mittelalterlichen Morgenstern schraubten. Neben dem Kampf wird die Keule von den Sandleuten übrigens auch als Werkzeug oder als Wanderstock verwendet.

Mit viel medialem Interesse begann George Lucas am 1. November 1994 mit dem Schreiben des Drehbuchs für *Episode I – Die dunkle Bedrohung*. Er selbst inszenierte dazu einen kurzen Film und übertrug den ersten Schreibprozess auf seiner Webseite.

Neue Sprachfassung

Im Jahr 2012 wurde *Episode IV – Eine neue Hoffnung* der weltweit erste abendfüllende Spielfilm, der in die Sprache Navajo übersetzt wurde. Die Navajo gehören zu den Stämmen der nordamerikanischen Ureinwohner; sie sind verwandt mit den Apachen. Mittlerweile leben sie über die USA verstreut, hauptsächlich in New Mexico, Arizona und Utah. Möglich machte die Übersetzung Manuelito Wheeler, selber Navajo und Leiter des Navajo Nation Museum in Window Rock, Arizona. Über 16 Jahre kontaktierte er regelmäßig die Firma Lucasfilm und fragte nach der Erlaubnis, den Film übersetzen zu dürfen. Gemeinsam mit seiner Frau schrieb er das Drehbuch und organisierte die Neuvertonung. Im US-amerikanischen Angebot von Disney+ ist die Sprachfassung in Navajo enthalten.

Finstere Gestalten

Die Dunkeltruppen unterstehen dem Kommando von Moff Gideon in *The Mandalorian.* Als die Supersoldaten einst entwickelt wurden, war eigentlich geplant, dass Menschen in der schwarzen Rüstung Platz nehmen. Jedoch erwiesen sie sich als die Schwachstelle des Systems, weswegen man sich entschied, für die dritte Generation der Truppen eine künstliche Droidenintelligenz zu verwenden. Sie sind stark gepanzert, haben einen modernen Blaster und können Dank der Schubdüsen in ihren Füßen sogar fliegen.

Im Giftschrank ganz hinten

In der TV-Landschaft ist es ganz normal, dass zu hohen Feiertagen wie Weihnachten spezielle Geschichten produziert werden. Auch von *Star Wars* gibt es ein derartiges Sonderprogramm. Im November 1978 flimmerte über die US-amerikanischen Fernseher das *Star Wars Holiday Special.* Das Drehbuch schrieb George Lucas und fast alle Originalschauspieler sind hier zu sehen. Zur Geschichte: Han Solo und Chewbacca sind auf dem Weg nach Kashyyyk, um mit der Familie des Wookiees den „Tag des Lebens" zu feiern. Unterwegs werden sie vom Imperium angegriffen und der Hyperantrieb beschädigt, ihre Ankunft verspätet sich. Derweil befindet sich Chewies Familie in Sorge, auch Luke und Leia können ihnen nicht helfen. Als dann das Imperium an ihre Haustür klopft, ist der Feiertag in ernster Gefahr. Der Film bekam derart schlechte Kritiken, dass er nie wieder im Fernsehen übertragen wurde. Da der Film nirgendwo erhältlich ist, ist eine Videoaufzeichnung von damals ein begehrtes Sammlerobjekt.

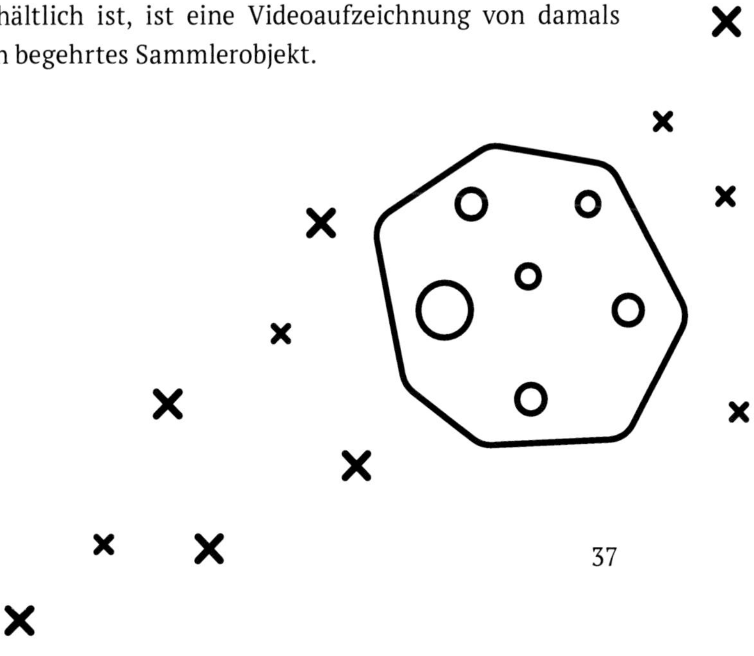

Neue Farbe

Ahsoka Tano führt zwei Lichtschwerter mit weißer Klinge. Die spezielle Farbe war bisher noch nicht in *Star Wars* zu sehen. Wie kam Ahsoka an solche Klingen? Auf der Flucht vor der Order 66 stellte sich ihr ein Inquisitor des Imperiums in den Weg. Es kam zum Kampf um Leben und Tod, den Ahsoka für sich entschied. Anschließend nahm sie den Kyberkristall aus der Klinge ihres Widersachers, der, wie es typisch ist für ein Schwert der Dunklen Seite, rote Farbe „blutete". Mithilfe der Macht konnte Ahsoka den Kristall heilen, wodurch er wieder eine neutrale weiße Farbe annahm.

Gefühlssache

„Ich habe da ein ganz mieses Gefühl bei der Sache." Kommt euch dieser Satz bekannt vor? Sollte er auch, denn er gehört zum Star-Wars-Kosmos wie Lichtschwerter und die Dunkle Seite der Macht. Tatsächlich wird der Satz so oder ähnlich in jedem Film mindestens einmal ausgesprochen. Zuerst war es Luke Skywalker, der in *Episode IV – Eine neue Hoffnung* beim Anblick des Todessterns auf sein Gefühlsleben hinwies. Selbst Droiden können ihre Emotionen ausdrücken, in *Episode VIII – Die letzten Jedi* ist es BB-8, dem die Worte über das Sprachmodul kommen.

Hauptsache mit R

Bevor die sechste Episode zu *Die Rückkehr der Jedi-Ritter* wurde, hatte sie einen etwas martialischeren Untertitel. Sie hieß *Die Rache der Jedi-Ritter.* Es gab bei Lucasfilm eine hitzige Debatte, welcher Titel denn nun besser passe. Während Produzent Howard Kazanjian meinte, dass das Wort „Rache“ besser wäre, war George Lucas der Ansicht, „Rückkehr“ sei die richtige Wahl. Nach weiteren Tests und einer kleinen Marktforschung stellte sich „Rückkehr“ als die geeignetere Wahl heraus, zumal die Jedi-Ritter ja eigentlich keine Rache nehmen sollten, weil damit Zorn und Wut – Wege zur Dunklen Seite der Macht – verbunden seien. Witziger Nebenfakt: Als die Umbenennung bekannt wurde, gab es schon einiges an Merchandise mit dem nun nicht mehr korrekten Titel. Sofort beeilten sich die Fans, ein paar dieser Artikel in die Finger zu bekommen. Sie gelten heute als begehrte Sammlerobjekte.

Haarige Angelegenheit

Boba Fetts Rüstung schmückt ein Zopf aus Haaren an der Schulter. Jeremy Bulloch, der in *Episode V* den Kopfgeldjäger mimte, nahm an, es wäre ein Toupet, das er tragen müsse. Er versuchte, es unter den Helm zu stecken und hörte erst auf, als er das Gelächter von Regisseur Irvin Kershner vernahm. Tatsächlich gehörte das Haar an die Rüstung, aber als Schmuckstück. Es ist nämlich der Skalp eines getöteten Wookiees.

Viel Hype um den Raum

Die Star-Wars-Galaxis erstreckt sich über 100.000 Lichtjahre. Eigentlich eine Distanz, deren Zurücklegung mehr als eine ganze Lebenszeit dauern würde und daher nicht zu überwinden wäre. Aber mit der Entdeckung des Hyperraums wurde das interdimensionale Reisen in der Galaxis möglich und so auch weit entfernte Planeten gut erreichbar. Schiffe, die über den Hyperantrieb verfügen, müssen vor dem Sprung in den Hyperraum eine Menge Berechnungen durchlaufen, sollte man auch nur wenig von der Route abweichen, könnte man schnell in einen Stern oder ein anderes Raumschiff krachen.

Jedermanns Hand an der Klinge

Welche Waffe steht sinnbildlich für die Jedi? Richtig, das Lichtschwert. Obi-Wan Kenobi drückt es in *Episode IV – Eine neue Hoffnung* so schön aus: „Nicht so plump und so ungenau wie Feuerwaffen. Eine elegante Waffe aus zivilisierteren Tagen." – Aber ursprünglich war das Schwert gar nicht exklusiv für die Jedi und Sith gedacht. In den ersten Konzepten war das Lichtschwert eine alltägliche Waffe und wurde von Rebellen und imperialen Truppen im Kampf genutzt. Um die Nutzer der Macht noch mystischer wirken zu lassen, erhielten sie später als Einzige die Fähigkeit, die Klingen zu führen.

kurz & knapp

Die DVD-Veröffentlichung von *Episode II – Angriff der Klonkrieger* in Deutschland startete holprig. Grund waren zwei Fehler auf dem Cover. Auf dem Rücken stand das Wort „Angrief“ und im Begleittext auf der Rückseite war Jedi-Meister Yoda fälschlicherweise mit einem „J“ geschrieben.

Zu welcher Spezies gehört eigentlich Yoda? Diese Frage wurde in keinem Buch, Film, Videospiel oder sonstwo geklärt. Mittlerweile steht über ihn ganz offiziell in der Star-Wars-Datenbank „Spezies unbekannt“.

Gehe nie mit Obi-Wan in eine Bar, wenn du deine Gliedmaßen behalten willst. Gleich zweimal schneidet er anderen Wesen in einer Gaststätte den Arm ab. In *Episode II* ist es Zam Wessel in einer Bar auf Geonosis. In *Episode IV* erwischt es Ponda Baba in der Cantina von Mos Eisley.

Der Griff von Reys Lichtschwert stammt von ihrer ehemaligen Waffe. Vorher war er ein Teil ihres Kampfstabs.

kurz & knapp

Von den Geschehnissen während der Klonkriege erfahren die Zuschauer erst mit den Episoden *II* und *III* und der animierten Serie, die ab 2008 ausgestrahlt wurde. Bis dahin musste man sich in der Fantasie ein Bild von ihnen machen, die Kriege wurden zuvor nur in *Episode IV – Eine neue Hoffnung* angedeutet.

Der Name der Mandalorianerin Bo-Katan Kryze geht zurück auf die Katze von Dave Filonis Ehefrau. Sie hatte den Spitznamen „The Boogie“. Filoni, unter anderem der Regisseur der Serie *The Clone Wars*, nannte sie „Boogie-Cat-Anne“. In der Folge wurde der Name immer kürzer, bis nur noch „Bo-Katan“ übrigblieb.

Reys Lichtschwert hat eine gelbe Klinge. Damit wollten die Tricktechniker Symbole wie „Sonne“, „Optimismus“ und „Hoffnung“ zum Ausdruck bringen.

Der Jedi-Tempel auf Coruscant diente als Sitz des Hohen Rats der Jedi. Im Rat saßen zwölf Jedi-Meister, nur die fähigsten und weisesten kamen für einen Platz im Rat infrage.

Farbige Verflechtung

Caroline Blakiston und Genevieve O'Reilly teilen sich eine Figur in *Star Wars*. Beide spielten sie die Mon Mothma. O'Reilly spielte sie als Senatorin und in den Anfängen der Rebellion in *Episode III, Rogue One* und in *Andor*. Blakiston verkörperte die starke Frau als Anführerin der Rebellen in *Episode IV* während der Schlacht von Yavin, die mit der Zerstörung des ersten Todessterns endete. Die beiden Schauspielerinnen teilen noch eine Gemeinsamkeit: Für ihre Rolle mussten sie sich die Haare rot färben; eigentlich haben beide blondes Haar.

Extraterrestrische Freundschaft

Seit seiner Zeit an der Universität ist George Lucas mit einem anderen bekannten Regisseur eng befreundet. Ihr kennt bestimmt Steven Spielberg, den Macher von Filmen wie *Der weiße Hai, Jurassic Park, Ready Player One,* der Indiana-Jones-Reihe oder natürlich *E.T. – Der Außerirdische.* In dem Film über das freundliche Alien gibt es eine Szene, in der die Kinder zu Halloween um die Häuser ziehen. Als Widmung an seinen Freund George ließ Spielberg hier ein Kind mit einer Yoda-Maske auf dem Kopf über die Straße laufen. Im Gegenzug bedankte sich Lucas: Ihr könnt in *Episode I – Die dunkle Bedrohung* im galaktischen Senat eine Kapsel mit drei E.T.s entdecken.

Let's Dance

Temuera Morrison, der in *Das Buch von Boba Fett* den titelgebenden Kopfgeldjäger spielt, brachte seine Herkunft in die Rolle und die Serie ein. Der Neuseeländer hat seine Wurzeln bei den Māori, der indigenen Bevölkerung des Landes. Besonders bekannt ist der sogenannte Haka, ein ritueller Tanz. Eine Variation des Tanzes vollführt Boba Fett in der Serie gemeinsam mit den Sandleuten, nachdem sie ihn in ihren Stamm aufgenommen haben.

Erfindergeist

Um die visuellen Effekte für *Episode IV – Eine neue Hoffnung* realisieren zu können, mussten die Arbeiter beim Studio Industrial Light and Magic ihre volle kreative Energie aufbringen und teilweise Techniken ganz neu erfinden. Dabei entwickelten sie eine völlig neue Art von Filmkamera. Die Dykstraflex, benannt nach dem Firmenchef John Dykstra, war die erste computergesteuerte Kamera der Welt. Mit ihr war es möglich, auf einem vorher festgelegten Pfad schnell über das Modell des Todessterns zu fliegen und so die Szenen besonders rasant abzubilden.

Die Nadel im Sandhaufen

Episode I – Die dunkle Bedrohung sollte an denselben Plätzen in der tunesischen Wüste gedreht werden wie damals *Episode IV – Eine neue Hoffnung*. Leider wusste niemand mehr, wo genau in der Wildnis das war. In den Produktionsnotizen fand sich dazu nichts. Glücklicherweise hatte der Archäologe David West Reynolds ein paar Jahre zuvor für einen Artikel dazu recherchiert und konnte die Crew so zu den korrekten Orten führen. Zum Dank bekam er einen Job als Archivar auf der Skywalker Ranch.

Nervige Flattermänner

In *Episode VIII – Die letzten Jedi* lernen wir eine neue Rasse kennen. Die zuckersüßen Porgs sehen aus wie schnabellose Vögel und leben auf dem Planeten Ahch-To gemeinsam mit Luke Skywalker auf der Insel, auf die der Jedi sich zurückgezogen hat. Tatsächlich ist ihre Existenz im Film aber mehr aus der Not geboren worden. Auf der irischen Insel Skellig Michael, dem Drehort der Szenen, liegt ein Naturschutzgebiet, auf dem Hunderte von Papageientauchern leben. Die Vögel flogen und watschelten regelmäßig durch die Szene, was Regisseur Rian Johnson zur Verzweiflung trieb. Da sie nicht vom Set vertrieben oder digital entfernt werden konnten, entschied man sich, sie im Bild zu behalten und ihnen einen neuen exotischeren Look zu verpassen.

Fahrkartenkontrolle

Bestimmt ist es euch auch schon aufgefallen: Die Sturmtruppler sind wahrlich keine guten Schützen. Im Ernst, wahrscheinlich würden sie mit ihrem Blaster nicht mal ins Wasser treffen, wenn sie aus einem Boot feuern würden. Da mutet es schon komisch an, wenn Obi-Wan Kenobi in *Episode IV – Eine neue Hoffnung* mit Blick auf den zerstörten Sandcrawler und die toten Jawas detektivisch feststellt: „Diese Einschüsse, zu präzise für Sandleute. Nur imperiale Sturmtruppen arbeiten so präzise.“ Aber warum scheinen Sturmtruppler dann so wenig zielsicher zu sein? Wahrscheinlich liegt es an der Kopfbedeckung. In der Serie *Star Wars Rebels* tarnen sich in einer Folge Kanan Jarrus und Captain Rex als Sturmtruppler, um in eine imperiale Basis einzudringen. In der anschließenden Schießerei witzelt Jarrus, dass Rex heute ja wie ein Sturmtruppler schießen würde. Er antwortet darauf, es liege am Helm, er könne nichts sehen. Als er den Helm abnimmt, fängt er plötzlich an, zu treffen. Und auch Luke Skywalker merkte während der Befreiung von Prinzessin Leia an, dass er mit dem Helm auf dem Kopf nichts sehen könne. Zum Glück sind die Rebellen die meiste Zeit helmlos unterwegs.

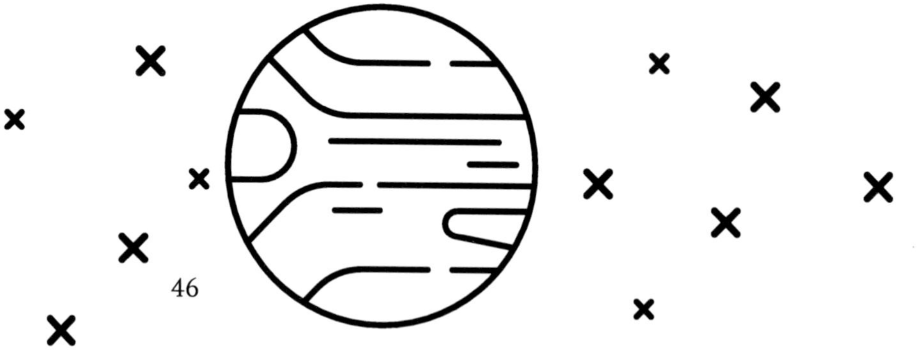

Wieder da ich bin

In *Episode VIII – Die letzten Jedi* erleben wir gemeinsam mit Luke Skywalker die absolut überraschende Rückkehr einer Figur, welche die örtliche Galaxis schon vor 30 Jahren verlassen hatte. Yoda erscheint als Machtgeist auf Ahch-To bei Luke Skywalker, weist ihn zurecht und hilft Luke dabei, sich mit seinen Fehlern in der Vergangenheit zu versöhnen. Für Yoda wurde eine echte Puppe verwendet, die – wie schon in *Episode V* und *Episode VI* – von Frank Oz gespielt wurde. Dass der Altmeister am neuen Star-Wars-Film mitwirken würde, durfte im Vorfeld natürlich nicht nach außen dringen. Auf Postern und in Pressemitteilungen wurde sein Name ausgelassen. Er durfte sein Mittagessen nur im Büro zu sich nehmen, nicht im Restaurant um die Ecke der Filmstudios. Wenn sich Mark Hamill und er treffen wollten, geschah dies ebenso heimlich auf dem Hotelzimmer.

I'm blue, Dabedidabedai

Cad Bane ist Kopfgeldjäger und einer der großen Gegenspieler von Boba Fett in der Serie *Das Buch von Boba Fett.* Das Design und seine Wesenszüge sind inspiriert von dem Bösewicht Angel Eyes aus dem Western-Klassiker *Zwei glorreiche Halunken.* Den ersten Auftritt hatte der blauhäutige Duros bereits 2009 in einer Folge der Serie *The Clone Wars.* Die Idee für eine solche Figur geht sogar noch weiter bis auf die Original-Trilogie zurück, wie frühe Konzeptzeichnungen belegen.

Casting Connaisseur

Fred Roos kann mit Fug und Recht behaupten, gleich zwei Han Solos entdeckt zu haben. Der mittlerweile knapp 90-Jährige war lange als Casting Director in Hollywood tätig. Als er 1973 gerade Teil des Teams um George Lucas' frühen Film *American Graffiti* war, musste eine Tür seines Büros ersetzt werden. Der zuständige Tischler war ein gewisser Harrison Ford, ein unbekannter Schauspieler, der sich seinen Lebensunterhalt mit dem Handwerk verdiente. Roos war von Ford so beeindruckt, dass er ihm gleich eine Rolle für *American Graffiti* verschaffte. In der Folge wurde daraus auch die Rolle des Han Solo in *Episode IV.* Spulen wir nun ein bisschen vor ins Jahr 2006. Francis Ford Coppola, der Regisseur unter anderem verantwortlich für *Der Pate*, suchte für seinen Film *Tetro* ein neues Gesicht. Erneut ist es Fred Roos, der ihm den unbekannten Alden Ehrenreich vorstellte. Der Film wurde Ehrenreichs Durchbruch, durch den er sich zwölf Jahre später die Rolle des Han Solo in *Solo – A Star Wars Story* sichern konnte.

Frauenpower

Omega aus der Serie *The Bad Batch* ist der erste weibliche Klon von Jango Fett, der jemals zu sehen war. Auch wenn sie wie die Jüngste in der Truppe ausschaut, ist sie eigentlich die Älteste. Das liegt daran, dass sie, genau wie ihr „Bruder" Boba, nicht mit einem Wachstumsbeschleuniger erschaffen wurde. Sie altert ganz normal wie ein Mensch.

Im Oktober 2012 verkaufte George Lucas seine Firma Lucasfilm inklusive allen Rechten an *Star Wars* an den Walt-Disney-Konzern. Er erhielt dafür die unglaubliche Summe von rund vier Milliarden US-Dollar.

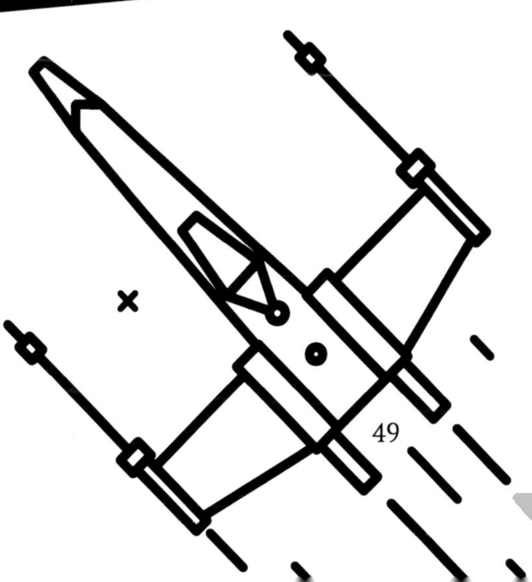

Schauspieler ohne Gesicht

In den Episoden *VII* und *VIII* lernen wir Snoke, den Obersten Anführer der Ersten Ordnung, kennen. Seine Figur entstand komplett am Computer. Hinter seinem Wesen steckt allerdings jemand aus Fleisch und Blut, der sehr viel Erfahrung damit hat, dass er selber nicht im fertigen Film zu sehen ist, sondern nur die Bewegungsvorlage darstellt. Andrew „Andy" Serkis ist ein britischer Schauspieler, der bereits für das Motion Capturing von Charakteren wie Gollum aus den Herr-der-Ringe-Filmen, Affe Caesar aus der Planet-der-Affen-Trilogie oder Kapitän Haddock in *Die Abenteuer von Tim und Struppi* bekannt ist. Wenn ihr einmal sein echtes Gesicht sehen wollt, könnt ihr im Star-Wars-Universum bleiben. In der Serie *Andor* spielte er Kino Loy, den grummeligen Vorarbeiter im Gefängnis auf Narkina 5, ganz ohne Computer.

Verplant

Figurenhersteller Kenner schaffte es nicht, die Produktion von Star-Wars-Figuren für das Weihnachtsgeschäft 1977 rechtzeitig fertigzustellen. Deswegen verkauften sie das „Early Bird Certificate Package" – eine leere Box, in der sich lediglich ein Gutschein für die ersten vier Figuren befand, wenn sie denn hergestellt wären. Im Januar kamen dann endlich Luke Skywalker, R2-D2, Chewbacca und Prinzessin Leia bei den Käufern an. Bis auf den Droiden sind sie 9,5 Zentimeter groß.

kurz & knapp

Das charakteristische Husten von General Grievous hat einen sehr realen Ursprung. George Lucas selbst hatte am Set einen schweren Hustenanfall, sein eigener Sound gefiel ihm so gut, dass er ihn aufnehmen und für den Cyborg verwenden ließ.

Das Modell des Grabens auf dem Todesstern, durch den Luke in *Episode IV* zum Lüftungsschacht fliegt, ist in der Realität 18 Meter lang, 60 Zentimeter breit und 60 Zentimeter tief. Die Kamera Dykstraflex konnte direkt durch den Graben geführt werden.

Die Klonkriege begannen im Jahr 22 vor der Schlacht von Yavin und dauerten drei Jahre, bis der Sith Lord Palpatine und sein neuer Schüler Darth Vader das Galaktische Imperium ausriefen.

Jabba der Hutte ist der Anführer einer Verbrecherbande auf dem Planeten Tatooine. Der bürgerliche Name des schneckenähnlichen Widerlings lautet Jabba Desilijic Tiure. Er ist 3,90 Meter lang.

kurz & knapp

Neben seiner schauspielerischen Leistung überzeugte Ewan McGregor beim Casting für die Rolle als Obi-Wan Kenobi noch durch eine andere Tatsache. Er hat eine gewisse Ähnlichkeit mit Alec Guinness, dem Ur-Obi-Wan.

Der Jedi-Orden ist schon wahnsinnig alt. Man vermutet, dass er 25.000 Jahre vor der Schlacht von Yavin gegründet wurde. Sein Ursprung liegt wahrscheinlich auf Ahch-To, auf dem Planeten befinden sich der erste Jedi-Tempel und die alten Jedi-Texte.

Der Name Jar Jar für den bekannten Gungan wurde von Lucas erdacht. Allerdings nicht von George, sondern von seinem Adoptivsohn Jett.

Die riesigen, vierbeinigen Kampfläufer, die besonders in der Schlacht auf Hoth zum Einsatz kommen, heißen AT-AT. Die Abkürzung steht für All Terrain Armour Transport. In Wirklichkeit sind die Modelle der Läufer 1,20 Meter hoch.

Er hat das Leuchtstäbchen angezündet

Um die Lichtschwerter der Original-Trilogie zum Leuchten zu bringen, verwendeten die Trickexperten eine Technik namens Rotoskopie. Die Schwerter der Kämpfer hatten einen langen reflektierenden Holzstab als Klinge. Nach dem Dreh wurden die Filmszenen auf eine matte Glasscheibe projiziert. Anschließend zeichneten die Animatoren die Schwerter Bild für Bild nach. Danach wurde beides zusammengefügt und noch einmal aufgenommen. Das ganze Verfahren war damals spektakulär, hatte aber den Nachteil, dass die Schwerter alle dieselbe silbrige Farbe hatten und in manchen Einstellungen eindeutig das Stück Holz zu sehen war, wenn der Winkel zur Kamera nicht passte. Mittlerweile ist das Dank Computertechnik ganz einfach geworden.

Schlechtes Bauchgefühl

In *Episode VI – Die Rückkehr der Jedi-Ritter* trifft die auf Endor verirrte Prinzessin Leia auf einen Ewok. Sein Name lautet Wicket Wystri Warrick. Er wurde von dem damals elfjährigen Warwick Davis gespielt. Ursprünglich sollte Kenny Baker, der auch R2-D2 verkörperte, diesen Part übernehmen. Neben dem Droiden war er als ein Ewok namens Paploo eingeplant. Da Baker aber zu Drehbeginn an einer Lebensmittelvergiftung litt und daher mehr mit sich und seinem Körper, als mit der Rolle zu kämpfen hatte, wurde er von Davis ersetzt.

Wohltätiges Imperium

Die Liebe der Fans zu *Star Wars* geht so weit, dass sich Menschen ihre eigenen, originalgetreuen Kostüme und Rüstungen herstellen und als Cosplayer auftreten. Besonders beliebt sind die Outfits der Dunklen Seite der Macht. Sturmtruppler, Sith Lords, aber auch einfache Gauner und Schurken stehen hoch im Kurs. Die 501. Legion ist die weltweit größte Vereinigung solcher Kostümträger. Gegründet 1997, haben sie es sich zur Aufgabe gemacht, das generelle Interesse an *Star Wars* zu steigern, aber auch für die Gesellschaft karitativ tätig zu sein. Sie unterstützen ehrenamtlich Einrichtungen wie das Rote Kreuz, sammeln Spendengelder oder organisieren Besuche in Krankenhäusern. Die Legion umfasst über 10.000 Mitglieder in 47 Ländern. Zu den Ehrenmitgliedern der Legion zählen Imperator-Darsteller Ian McDiarmid und George Lucas. Bis zu seinem Tod war David Prowse, der Schauspieler unter der Darth-Vader-Maske, „Anführer Ehrenhalber".

Du glänzt so schön

Der Mandalorianer Din Djarin trägt eine Rüstung aus Beskar. Das in der Galaxis selten gewordene Material wird auch Mandalorianisches Eisen genannt. Es ist widerstandsfähig genug, um einigen Blasterschüssen und sogar dem Säurespeichel eines Krayt-Drachen standzuhalten. Es kann nur in der Schmiede von geübten Händen bearbeitet und geformt werden.

Spione überall

Der Sandcrawler der Jawas auf Tatooine ist ein gigantisches Transportmittel von fast 30 Metern Länge und über 15 Metern Höhe. Als er 1976 zu den Dreharbeiten von *Episode IV – Eine neue Hoffnung* erstmals in der tunesischen Wüste aufgebaut wurde, erregte dies nicht nur die örtliche Aufmerksamkeit. Aus dem benachbarten Libyen kamen offizielle Inspekteure, um das Gerät zu untersuchen. Man vermutete, dass hier eventuell ein neues Militärfahrzeug gebaut wurde. Als die Leute sahen, dass es sich nur um eine Filmrequisite handelte, zogen sie wieder ab.

Geburt eines Kopfgeldjägers

Am *Star Wars Holiday Special* von 1978 war nicht alles schlecht. Zwar hatte der TV-Film damals fürchterliche Kritiken bekommen und wird seitdem nirgendwo mehr ausgestrahlt, ein Lichtblick bleibt aber dennoch bis heute bestehen. Der darin enthaltene Kurzfilm *Die Geschichte vom treuen Wookiee* ist heute noch auffindbar und erhielt damals positive Resonanz. In dem elfminütigen Animationsfilm sah man erstmals Bilder von Boba Fett, dem berühmten Kopfgeldjäger. Man erlebte gleich, welches doppelte Spiel er mit den Rebellen um Han Solo, Chewbacca und Luke Skywalker und dem Imperium anstellte. Der Kurzfilm erschien 2011 als Extra auf der Blu-Ray-Fassung der Star-Wars-Saga und ist auch auf dem Streaming-Dienst Disney+ verfügbar.

Leinwand! Welt! Religion?

Um das Konstrukt der Jedi, Sith und der Macht zu schaffen, bediente sich George Lucas bei verschiedenen real existierenden Religionen und Philosophien wie dem Buddhismus oder dem Taoismus. Witzig ist, dass seine Neuschöpfung es mittlerweile von der Leinwand zurück in die echte Welt geschafft hat. Der Jediismus gilt offiziell als Weltanschauung und erfreut sich immer größer werdender Beliebtheit. Als beispielsweise in Tschechien im Jahr 2021 eine große Volksbefragung unter den 10,5 Millionen Einwohnern durchgeführt wurde, gaben über 20.000 Leute bei der Frage nach ihrer Religion an, zur Gemeinschaft der Jedi zu gehören. In England waren es im Jahr 2011 sogar 177.000 Jedi, auch wenn die britischen Behörden dem Jediismus keinen Religionsstatus erteilen.

Frühe Versoftung

Das erste Videospiel mit offizieller Star-Wars-Lizenz war *Star Wars – The Empire Strikes Back* für den Atari 2600. Es erschien 1982. Ihr kontrolliert Luke Skywalker in einem Snowspeeder während der Schlacht auf dem Eisplaneten Hoth. Euer Ziel ist es, die AT-AT abzuschießen, bevor sie die Kommandobasis erreichen. Nehmt euch dabei aber vor den Raketen in Acht! Mit steigender Spieldauer ändert sich zwar nichts am Grundkonzept, aber es wird immer schwerer, die AT-AT zu zerstören.

kurz & knapp

Joe Johnston war Modelldesigner am Set von *Episode IV – Eine neue Hoffnung* und erschuf unter anderem den Millennium Falken. Das Design des Falken basiert lose auf einem Burger-Patty, an dessen Seite eine Olive hängt. Für die Umsetzung hatte Johnston vier Wochen Zeit.

Das Budget für die Spezialeffekte bei *Episode IV – Eine neue Hoffnung* betrug lediglich zwei Millionen US-Dollar. Fast schon lächerlich im Vergleich zu den heutigen Ausgaben für knallige Bilder auf der Leinwand.

Für die Serien *The Mandalorian, Obi-Wan Kenobi, Das Buch von Boba Fett* und *Ahsoka* nutzte das Filmteam eine über sechs Meter hohe LED-Wand, um Hintergründe darauf zu projizieren. Man nannte sie „The Volume“. Mit ihrer Hilfe konnten die Serien kostengünstiger produziert werden, musste man doch nicht so häufig an echte Drehplätze reisen.

Der Griff eines Lichtschwerts ist ungefähr 30 Zentimeter lang. Die ausgefahrene Klinge misst einen knappen Meter.

kurz & knapp

Obwohl die Ewoks in *Episode VI – Die Rückkehr der Jedi-Ritter* einen großen Part einnehmen, werden die pelzigen Bewohner von Endor während des Films nicht ein einziges Mal als ihre Spezies bezeichnet. Der Begriff tauchte lediglich im Abspann und natürlich auf dem Merchandise zum Film auf.

Als George Lucas *Star Wars* erschuf, ließ er sich von den Helden seiner eigenen Kindheit inspirieren. Science-Fiction und Abenteuergeschichten wie *Flash Gordon*, alte Samurai- und Westernfilme wie *Die glorreichen Sieben*, überall könnt ihr Einflüsse davon in der Galaxis finden.

Der erste Filmschnitt von *Episode III – Die Rache der Sith* ging beinahe vier Stunden. Darin enthalten war unter anderem eine über eine Stunde lange Befreiung von Kanzler Palpatine durch Obi-Wan und Anakin.

Kultiges Geräusch

Bestimmt habt ihr es schon einmal vernommen, das komische Geräusch, das sich am treffendsten als ein „Gonk“ beschreiben lässt. Und ihr habt vielleicht sogar den Verursacher des Geräuschs ausmachen können, einen etwas tölpelig daher tapsenden Droiden, der ein bisschen so aussieht, als hätte ein Mensch einen Pappkarton auf dem Kopf. Das sind sogenannte GNK-Energiedroiden. Die schlichten Energiespeicher sind mobile Batterien und versorgen Fahrzeuge und Maschinen mit neuer Power. Man kann sie überall in der Galaxis finden. GONK!

Viel zu groß

Episode I – Die dunkle Bedrohung war der erste Kinofilm, bei dem massiv digitale Effekte eingesetzt wurden. Oftmals bestand das Set nur aus den Kulissen für den Vordergrund, der Hintergrund wurde per Blue- oder Greenscreen nachträglich eingefügt. Als Liam Neeson, der Darsteller von Jedi-Meister Qui-Gon Jinn, das erste Mal ans Set kam, schauten die Handwerker nicht schlecht. Neeson war mit seinen 1,93 Metern viel größer, als sie annahmen. Er war zu groß für die gebauten Kulissen, die in der Folge nochmal angepasst werden mussten. Der ganze Umbau kostete rund 150.000 US-Dollar.

Erstmals in Action

Im Jahr 1977 konnten Fans in *Episode IV – Eine neue Hoffnung* in der Wüste von Tatooine ein riesiges Skelett entdecken. Es handelt sich um einen jungen Krayt-Drachen, eine heimische Rasse auf dem Wüstenplaneten. Wenn bereits ein Jungtier so groß ist, wie gigantisch muss dann ein ausgewachsenes Exemplar sein? Diese Frage blieb für lange Zeit unbeantwortet. Erst 44 Jahre später, am 30. Oktober 2020, folgte die Antwort. In der ersten Folge der zweiten Staffel von *The Mandalorian* konnte erstmals ein erwachsener Drache in Aktion bewundert werden und Fans sahen zu, mit welchem Einsatz der Mandalorianer Din Djarin Seite an Seite mit den Sandleuten gegen das Monster kämpft.

Gassi gehen

In der ersten Folge von *Das Buch von Boba Fett* besuchen Boba und die Auftragskillerin Fennec Shand das Städtchen Mos Espa auf Tatooine. Auf ihrem Weg durch die Straßen begegnen ihnen mehrere hundeähnliche Droiden auf vier Beinen. Tatsächlich wurden diese nicht extra für die Serie konzipiert. Das Robotik-Unternehmen Boston Dynamics stellt sie unter ihrem Spitznamen „Spot“ wirklich her. Der „Hund“ wird seit 2019 bei der Firma produziert und ist seit 2020 der erste kommerziell verfügbare Roboter der Firma. Hier hat er lediglich eine leicht andere Farbe.

Der Name Chewbacca leitet sich vom russischen Wort „*Sobaka*“ ab. Es bedeutet so viel wie „des Mannes bester Freund“. Wie passend, ist Chewie doch der beste Freund von Han Solo.

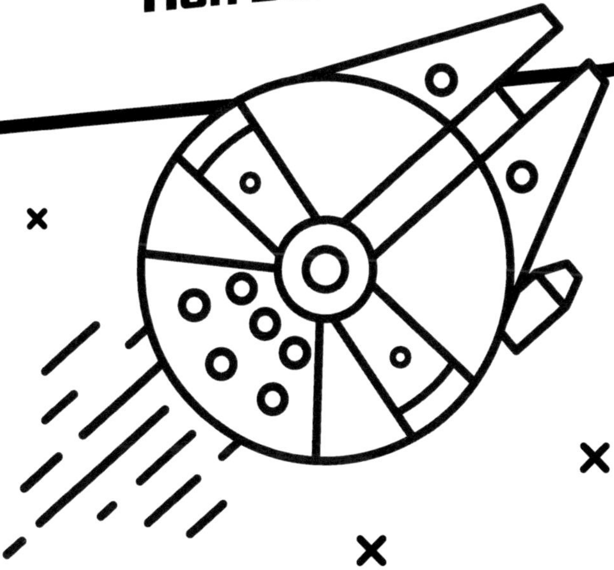

Was für ein Spoiler

David Prowse, der in der Original-Trilogie im Darth-Vader-Kostüm steckte, verband eine sehr problematische Beziehung zu George Lucas. Tatsächlich wurde der Bodybuilder von sämtlichen offiziellen Auftritten zu *Star Wars* verbannt. Der Grund dafür: Prowse konnte seinen Mund nicht halten und plapperte munter Fakten und Geschehnisse aus noch nicht veröffentlichten Filmen aus. Der größte Spoiler war, als er auf einer Veranstaltung in Berkeley, Kalifornien, vor knapp 1.000 Fans über *Episode V – Das Imperium schlägt zurück* sprach. Über die Handlung und einen möglichen weiteren Teil sagte er: *„Father can't kill son, son can't kill father."* (Der Vater kann den Sohn nicht töten, der Sohn kann den Vater nicht töten). Ein unfassbarer Spoiler auf das dramatische Ende des Films und die ganze Saga. Glücklicherweise gab es damals noch kein Internet, das wäre nach dieser Aussage bestimmt heiß gelaufen. So blieb es „nur" bei einer Meldung in der örtlichen Tageszeitung.

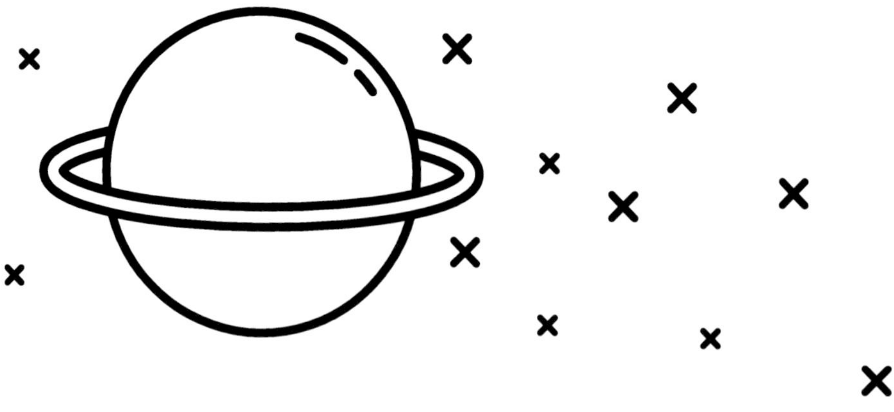

Von einem Meister überzeugt

Sind wir mal ehrlich: Der eigentliche Held in *The Mandalorian* ist nicht der Kopfgeldjäger Din Djarin, sondern das Kind Grogu, auch bekannt als Baby Yoda. Der süße Grünling hat sich direkt in unsere Herzen gespielt. Auch am Set war manch einer ebenfalls richtig vernarrt in den Kleinen. Zu den größten Liebhabern zählte in der ersten Staffel Werner Herzog, der namenlose Klient. Was vielleicht nicht alle wissen, Herzog ist ein hoch angesehener Regisseur, seit den 1960er-Jahren arbeitet er hinter der Kamera. Er überzeugte die Crew, für Grogu viel häufiger eine Puppe einzusetzen, als eine digitale Figur zu animieren, so etwas würden nur „Feiglinge" machen. Wie Jon Favreau und Deborah Chow, Autor und Regisseurin einiger Folgen der Serie, später zugaben, hatte Herzog damit absolut recht.

Für immer unsere Prinzessin

Der plötzliche Tod von Carrie Fisher im Jahr 2016 traf die Macher der neuesten Star-Wars-Episoden vollkommen unerwartet. Ursprünglich sollte Prinzessin Leia eine sehr zentrale Rolle in *Episode IX – Der Aufstieg Skywalkers* einnehmen. In der Folge musste das Drehbuch für den Abschlussfilm der Trilogie komplett überarbeitet werden. Dass wir trotzdem noch einmal unsere Prinzessin auf der Leinwand sehen konnten, verdanken wir bereits für *Episode VIII* aufgenommenen Bildern, die für den Folgefilm verwendet wurden.

Höchste Geheimhaltung

Dass Darth Vader Lukes Vater ist, gehört ohne Frage zu den größten Wendungen, die je ein Film genommen hat. Umso wichtiger war es da natürlich im Vorfeld, dass absolut nichts davon an die Öffentlichkeit geriet. Sogar die Schauspieler ließ man im Unklaren. Nur drei Personen wussten anfangs am Set von *Episode V* von der Verwandtschaft der beiden Charaktere. Regisseur Irvin Kershner, Drehbuchautor Lawrence Kasdan und George Lucas. Kershner kam erst kurz vor Drehbeginn der wichtigen Kampfszene zu Mark Hamill und lüftete ihm gegenüber das Geheimnis.

Gar nicht so schneeblind

Für *Episode V – Das Imperium schlägt zurück* wurden die Szenen auf dem Eisplaneten Hoth in Norwegen gedreht. Vor Ort hatte die Crew schwer mit dem Wetter zu kämpfen. Ein gewaltiger Schneesturm fegte durch die Region und machte es fast unmöglich, vor die Tür zu gehen, man saß im Hotel fest. Aber Not macht bekannterweise erfinderisch. Die Bilder, auf denen Luke Skywalker durch den Schneesturm irrt, sind in der Auffahrt des Hotels gedreht worden. Während Mark Hamill draußen im Sturm stand, befand sich das Kamerateam gut geschützt in der Lobby des Hotels und filmte aus der Wärme.

kurz & knapp

Andy Serkis spielte den Obersten Anführer Snoke in den Episoden *VII* und *VIII*. Um die später am Computer entstandene Figur besser porträtieren zu können, klebte sich der Schauspieler die linke Gesichtshälfte mit Klebestreifen ab, sodass er nur schwer die Lippen bewegen konnte. In den Filmen ist Snoke auf dieser Seite fürchterlich entstellt.

R2-D2 und C-3PO haben eine eigene Zeichentrickserie. *Star Wars – Freunde im All* erschien 1985 und zeigte uns in 15 Episoden neue Abenteuer unserer Lieblingsdroiden. Anthony Daniels sprach auch hier C-3PO.

Darth-Maul-Darsteller Ray Park war vor seiner Filmkarriere ein erfolgreicher Kampfsportler. Bereits mit 16 Jahren gewann er die Great Britain‘s Martial Arts National Championship. Um den Sith in *Episode I – Die dunkle Bedrohung* zu verkörpern, nahm er zusätzlich Schwertkampfunterricht.

kurz & knapp

Das gab bestimmt Kopfschmerzen beim Dreh von *Episode V – Das Imperium schlägt zurück*. In Yodas Hütte auf Dagobah stößt sich Luke Skywalker den Kopf. Regisseur Irvin Kershner ließ den armen Mark Hamill für die perfekte Einstellung ganze 16 Mal gegen die Decke stoßen, ehe er mit der Szene zufrieden war.

Anlässlich des 30. Jubiläums von *Star Wars* im Jahr 2007 dachte sich die US-amerikanische Post etwas aus. Übers Land verteilt wurden mehrere Briefkästen im Stil von R2-D2 angemalt. Dazu erschienen die ersten offiziellen Briefmarken mit Motiven der Sternensaga.

Nur drei Personen wussten wohl von der Beziehung zwischen Anakin und Padmé. Zumindest deuten sie dies in der Serie *The Clone Wars* an. Hierbei handelt es sich um Obi-Wan, Ahsoka und Captain Rex.

Episode IV – Eine neue Hoffnung hatte beim Dreh 1976 ein Budget von 11 Millionen US-Dollar. Das entspricht heute inflationsbereinigt knapp 60 Millionen US-Dollar.

Individualist

Boba Fetts Rüstung war zu Beginn komplett weiß. Die ursprüngliche Idee sah auch gar nicht vor, dass es sich bei dem Charakter um einen der besten Kopfgeldjäger der Galaxis handelt. Stattdessen sollte er einer Eliteeinheit der imperialen Sturmtruppen angehören und damit einer von 40.000 Soldaten sein. Als der Prototyp der Rüstung am Set eintraf, merkten die Produzenten schnell, dass mehrere Variationen davon, wie sie sie für die Darstellung einer ganzen Einheit bräuchten, nicht ins Budget passen würden. Also entschied sich Lucas, es bei dieser einen besonderen Rüstung zu belassen, sie passend anzumalen und dafür diesen einen besonderen Charakter zu erschaffen.

Voll oldschool

In *Episode VIII – Die letzten Jedi* verwendeten die Tricktechniker eine echte Puppe von Jedi-Großmeister Yoda. Um die Figur so originalgetreu wie möglich zu erschaffen, griffen die Designer ins Archiv von *Star Wars*. Yoda entstand nach den alten Zeichnungen und Entwürfen, die seinerzeit für *Episode V* gemacht wurden. Um die Figur anzumalen, wurde dieselbe Frau engagiert, die auch 1980 dem kleinen Jedi mit dem Pinsel einen Anstrich verpasste. Und Frank Oz war der Puppenspieler, der auch schon damals Yoda zum Leben erweckte.

Auf die Größe kommt es an

Bereits 1977 gab es zu *Episode IV – Eine neue Hoffnung* jede Menge Merchandise. Die Produktion von Fanartikeln lief mitunter noch vor dem Kinostart des Streifens an. Unter anderem brachte die Firma Kenner eine Reihe von Actionfiguren der beliebten Helden und Schurken auf den Markt. Darunter befand sich auch das „Cantina Adventure Set", eine Nachbildung der Spelunke in Mos Eisley inklusive einiger der dort anwesenden Aliens. Dazu gehörte ein Snivvianer namens Zutton, im Film ist das der Gast im roten Raumanzug am Tresen, mit Zähnen ähnlich wie ein Wildschwein. Die Designer von Kenner hatten als Vorlage für ihre Figur lediglich ein Schwarz-Weiß-Foto vom Filmset bekommen. Deswegen modellierten sie ihren Zutton fälschlicherweise in einem blauen Raumanzug, mit Stiefeln an den Füßen und nicht barfuß und obendrein viel zu groß, der Snivvianer ist im echten Leinwand-Leben nur knapp einen Meter klein. Als der Film in den Kinos anlief, erschraken die Leute von Kenner mächtig und produzierten schleunigst eine passende Version von Zutton, dennoch gelangten mehrere Modelle des falschen Snivvianers in den Umlauf. Heute ist die große blaue Version der Figur bei Sammlern heiß begehrt.

Jugendstrafrecht

Welch dramatisches Ende für Jango Fett in der Arena von Geonosis in *Episode II.* Da schafft er es, den heranstürmenden Reek mit nur einem gezieltem Blasterschuss zu töten, ehe der heranstürmende Mace Windu kurzen Prozess mit dem Kopfgeldjäger macht und ihn mit dem Lichtschwert enthauptet. Sein Sohn Boba muss alles mitansehen, fast schon logisch, dass er Rache für seinen Vater schwört. Um ein Haar wäre ihm dies sogar gelungen. Es gibt Konzeptzeichnungen für die folgende Episode, auf denen Boba Fett Mace Windu mit dem Blaster erschießt. George Lucas lehnte die Szene aber ab, da Boba Fett in dem Film und damit auch beim Mord an Windu erst 16 Jahre alt gewesen wäre und damit viel zu jung.

Finanzielle Entscheidungen

Ursprünglich wurde die Serie *Obi-Wan Kenobi* als ein eigenständiger Kinofilm entwickelt. Nachdem aber der Film *Solo – A Star Wars Story* gnadenlos an der Kinokasse floppte, entschied man sich, das Konzept zu überdenken. Seitdem sieht Disney davon ab, weitere Spin-Off-Filme herauszubringen und konzentriert sich stattdessen auf die Serien für Disney+. So wurde aus dem Abenteuer des Jedi-Meisters anstelle eines abendfüllenden Spielfilms eine mehrteilige Serie über die erste Zeit seines Eremitendaseins auf Tatooine.

Was brummt hier so?

Für *Episode V – Das Imperium schlägt zurück* nahm Irvin Kershner auf dem Regiestuhl Platz. Er pflegte einen sehr ruhigen und unaufgeregten Stil, wie er der Filmcrew ihre Anweisungen gab. Damit stand er ganz im Gegensatz zu George Lucas, der für *Episode IV* Regie führte. Anscheinend war Kershner generell ein tiefenentspannter Mann, oder er fand nachts nicht genug Schlaf. Oft kam es vor, dass er am Set einfach einschlief. Den Tontechnikern fiel ein merkwürdiges Brummen und Schnaufen auf den Aufnahmen auf. Das war das Schnarchen von Kershner, der so ganze Takes unbrauchbar machte.

Ehrliches Machtwort

Prinzessin-Leia-Darstellerin Carrie Fisher kämpfte während des Drehs von *Episode V – Das Imperium schlägt zurück* schwer mit ihrer Alkohol- und Drogensucht. Sie war so tief abgestürzt, dass ihre schauspielerische Leistung am Set deutlich darunter litt. Die Filmcrew beriet lange, wie man ihr auf einfühlsame Weise sagen könne, dass es so nicht weiterging. Schlussendlich war es George Lucas‘ damalige Ehefrau Marcia, die Fisher zur Seite nahm und ihr deutlich ins Gesicht sagte: „Du siehst sch... aus!“ Anscheinend hatte die harte Ansprache Erfolg. Carrie Fisher begann eine Therapie, erholte sich und konnte ihre Szenen neu drehen.

kurz & knapp

Von allen Filmen kann *Episode VII – Das Erwachen der Macht* das stärkste Einspielergebnis vorweisen. Über zwei Milliarden US-Dollar brachte der erste Film um Protagonistin Rey an den Kinokassen ein.

Das erste gesamte Drehbuch für *Star Wars*, welches George Lucas bei 20th Century Fox vorlegte, war satte 200 Seiten dick. Das durchschnittliche Drehbuch ist zwischen 95 und 125 Seiten stark. In der Folge teilte Lucas sein Buch in drei Teile auf und baute jeden etwas aus. Heute kennen wir jeden Teil davon als *Episode IV–VI.*

Wer denkt, ein Wookiee würde nur Grunzen und Knurren, der irrt gewaltig. Tatsächlich kommunizieren die Pelzriesen wie Chewbacca und Tarfful in einer Sprache namens Shyriiwook. Nach dem Auslöschen der meisten Wookiees wird die Sprache aber nur noch von wenigen in der Galaxis gesprochen.

kurz & knapp

Die Ewoks erfreuten sich nach ihrem Erstauftritt in *Episode VI – Die Rückkehr der Jedi-Ritter* so großer Beliebtheit, dass George Lucas weiter mit den pelzigen Wesen plante.
Im Jahr 1984 erschien das Spin-Off *Ewoks – Die Karawane der Tapferen*, ein Jahr später folgte *Ewoks – Kampf um Endor.* Auch eine Zeichentrickserie wurde produziert.

In *Episode III – Die Rache der Sith* ist es Jar Jar Binks, der dem Senat den Vorschlag macht, den Kanzler mit Notstandsvollmacht auszustatten. In der Folge hat dieser die Gewalt, die Order 66 auszurufen. So gesehen ist also Jar Jar am Tod von hunderten Jedi verantwortlich.

Im ersten Indiana-Jones-Film *Jäger des verlorenen Schatzes* tauchen die uns wohlbekannten Droiden C-3PO und R2-D2 auf. Sie sind als Hieroglyphen an einer Säule in der Quelle der Seelen zu finden, kurz bevor Indy und Sallah die Bundeslade anheben.

Bist du dabei oder nicht?

Großadmiral Thrawn ist eine interessante Figur im Star-Wars-Universum. Erstmalig erschien der blauhäutige Chiss in einer Buchreihe des Autors Timothy Zahn zwischen 1991 und 1993. Bis 1998 schrieb Zahn insgesamt fünf Bücher über den Admiral und wie er nach der Rebellion versuchte, das Imperium wiederherzustellen. Er erhielt sogar eine eigene Comicreihe und Hörspiele. Nachdem Disney 2012 die Star-Wars-Rechte erworben hatte, sortierten sie die Geschichten um Thrawn als nicht mehr zum Kanon gehörend aus in den Bereich der sogenannten Legends. 2016 holte man die Figur offiziell wieder zurück in den Kanon, als er in der Animationsserie *Star Wars Rebels* auftauchte, dazu erschien eine neue Buchtrilogie. Sein wirklicher Name lautet übrigens Mitth'raw'nuruodo, aber wer kann das schon fehlerfrei aussprechen?

Ist da noch was gewachsen?

In *Episode I – Die dunkle Bedrohung* hat Yoda an jedem Fuß drei Zehen. In den Episoden *III*, *V* und *VI* hat er aber vier Zehen. Eine genaue Erklärung dazu gibt es nicht, aber eine amüsante Fantheorie. Demnach ist es bei Yodas unbekannter Spezies so, dass ihr im Alter eine vierte Zehe wächst, um dem Körper trotz scheidender Körperkraft und Konstitution genug Stabilität und Balance zu geben. Kurz gesagt, damit er nicht umfällt.

Was ist denn hier los?

Die Bosse von 20th Century Fox wurden langsam nervös, weil George Lucas nicht fertig wurde mit dem Dreh von *Episode IV – Eine neue Hoffnung*. Man beschloss, Industrial Light and Magic, dem verantwortlichen Studio für die Spezialeffekte, einen Besuch abzustatten. Vor Ort staunten die Chefs nicht schlecht. Anstatt zu arbeiten, hing die Crew im Whirlpool ab, relaxte auf dem Dach der Halle oder brutzelte etwas auf dem Grill. Völlig erbost stapfte man wieder von dannen. Erst die Aussage von ILM-Chef John Dykstra konnte die Gemüter wieder beruhigen – man würde die ganze Nacht arbeiten und den Tag eher zum Ausruhen nutzen. Viele Mitarbeiter von ILM wohnten mittlerweile sogar im Studio, um quasi vom Bett an den Schreibtisch gehen zu können.

Alte Namen neu gebraucht

Luke Skywalker hieß in früheren Fassungen des Drehbuchs noch Luke Starkiller, ehe sich George Lucas zu einer Umbenennung entschied (siehe Seite 26). So ganz wurde der ursprüngliche Nachname aber dann doch nicht im Universum fallen gelassen. In *Episode VII – Das Erwachen der Macht*, lautet der Name der großen Raumstation der Ersten Ordnung Starkiller-Basis. Und in den Videospielen *Star Wars – The Force Unleashed I* und *II* hat der Protagonist ebenfalls den Decknamen Starkiller.

Günstige Fortsetzung

Bereits während des Drehs zu *Episode IV – Eine neue Hoffnung* arbeitete George Lucas an Ideen für eine mögliche Fortsetzung. Jedoch plante er mit einem geringeren Budget, sollte er keine Geldgeber finden können. Er beauftragte den Schriftsteller Alan Dean Foster mit dem ersten Fortsetzungsroman zu den Sternenkriegen. *The Splinter of the Mind's Eye,* in der deutschen Version schlicht *Skywalkers Rückkehr,* wurde 1978 veröffentlicht und sollte als Grundlage für einen weiteren Film dienen. Die Handlung spielte größtenteils auf einem nebligen und sumpfigen Planeten. So wäre er auch mit weniger Geld gut verfilmbar gewesen. Die Landschaft erinnert sehr an den Planeten Dagobah, Yodas Exilplanet und ein wichtiger Schauplatz von *Episode V – Das Imperium schlägt zurück.*

Mal ein Auge zudrücken

In *Episode VI – Die Rückkehr der Jedi-Ritter* muss C-3PO erleben, wie ihm der nervige Salacious B. Crumb ein Auge abkaut. So witzig die Szene für uns auch aussehen mag, für den Schauspieler Anthony Daniels war sie bitterer Ernst. Er erlitt eine Panikattacke, während er auf dem Boden lag und rief immer wieder: „Holt mich hoch, holt mich hoch!" Letzten Endes wurde genau diese Aufnahme für den Film verwendet, seinen Text sprach Daniels aber noch einmal neu ein.

Erste Ablehnung

Nachdem Mark Hamill zum ersten Mal das Drehbuch zu *Episode VIII – Die letzten Jedi* gelesen hatte, war er sehr überrascht von den Wendungen, die sein Charakter Luke Skywalker nehmen sollte. Er ging zu Rian Johnson, Autor und Regisseur des Films, und meinte zu ihm: „Ich bin grundsätzlich mit jeder Entscheidung, die sie für diese Figur getroffen haben, nicht einverstanden. Jetzt, wo ich das von der Seele habe, ist es meine Aufgabe, das zu nehmen, was sie geschaffen haben, und mein Bestes zu geben, um ihre Vision zu verwirklichen." Hamill gab in späteren Interviews allerdings zu, sich im Laufe der Zeit mit der Situation angefreundet zu haben.

Als Notlüge akzeptiert

Wenn ein Star-Wars-Film gedreht wird, ploppen überall in den Medien Ideen und Theorien auf, was da bald auf der Leinwand zu sehen sein wird. Um den Dreh möglichst geheim zu halten und damit niemand der Offiziellen etwas an die Öffentlichkeit dringen ließ, standen in den Verträgen sogenannte Geheimhaltungsklauseln. Kelly Marie Tran, die in der Sequel-Trilogie Rose Tico spielt, ging dabei sogar so weit, ihre Eltern anzulügen. Sie sagte ihnen, sie drehe einen kleinen Film in Kanada, obwohl sie eigentlich zu den Sternen flog. Um die Lüge aufrechtzuerhalten, brachte sie ihren Eltern sogar ein paar Flaschen Ahornsirup mit, eine Spezialität aus Kanada.

Die wohl dramatischste Szene in *Episode IV – Eine neue Hoffnung* ist der Tod von Obi-Wan Kenobi, der sich im Kampf mit Darth Vader opfert. Die Idee, Obi-Wan sterben zu lassen, stammt von George Lucas' Ex-Frau Marcia.

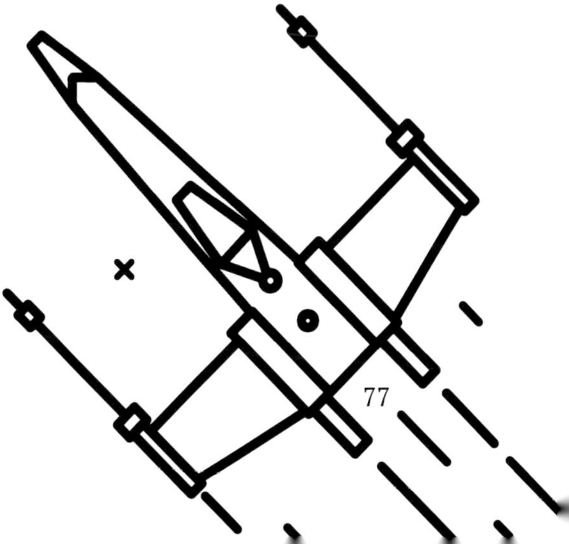

Bruder und Schwester, nur eben nicht

Die Inquisitoren, wie sie in der Serie *Obi-Wan Kenobi* auftreten, sind eine Spezialeinheit des Imperiums, um nach der Order 66 die letzten versteckten Jedi in der Galaxis aufzuspüren und zu eliminieren. Sie sind selber einmal Jedi gewesen, wurden gefangen genommen und so lange gefoltert, bis sie sich schlussendlich der Dunklen Seite anschlossen. Darth Vader persönlich nahm sich ihrer weiteren Ausbildung an. Sie sind stark im Umgang mit dem Doppellichtschwert und fähig im Nutzen der Macht. Sie werden geführt von einem Großinquisitor, die übrigen Mitglieder verzichten auf einen eigenen Namen. Stattdessen hören sie auf Titel wie „Neunte Schwester", „Fünfter Bruder" oder „Sechster Bruder".

Leia in echt

So wie sich George Lucas für die Namensfindung seiner Charaktere inspirieren ließ, lassen sich heutzutage real existierende Personen von ihren liebsten Figuren aus dem Star-Wars-Universum anregen, wenn es um die Namen für ihre Kinder geht. Ein prominentes Beispiel ist Prinzessin Märtha Louise von Norwegen. Nach der Geburt ihrer Tochter Leah Isadora gab sie unumwunden zu, dass ihre Begeisterung für Prinzessin Leia Organa eine große Rolle bei der Auswahl des Vornamens ihrer Tochter gespielt hatte.

kurz & knapp

George Lucas wurde im Juli 1997 von seinem Heimatort Modesto, Kalifornien, besonders geehrt. Ein zentraler Platz der Stadt wurde nach ihm benannt, an der sich eine Bronzeskulptur findet, die angelehnt ist an Lucas' ersten großen Film *American Graffiti.*

Um auf die vielen innovativen Namen in der Star-Wars-Galaxis zu kommen, suchen die Macher oft auch einfach nur in ihrem direkten Umfeld. Poe Dameron aus den Episoden *VII–IX* beispielsweise teilt sich seinen Nachnamen mit der persönlichen Assistentin von Regisseur J. J. Abrams. Ihr Name lautet Morgan Dameron.

Lange Zeit war Darth Sidious, der oberste Sith-Lord und ehemalige Imperator, nach dem Sturz des Imperiums untergetaucht. 30 Jahre schmiedete er in seinem Versteck auf dem Planeten Exegol an seinem großen Comeback-Plan.

Die Klonsoldaten in den Episoden *II* und *III* waren allesamt computeranimiert. Tatsächlich wurde nicht eine Rüstung wirklich erbaut.

kurz & knapp

Kein Wunder, dass Luke den Todesstern zuerst für einen kleinen Mond hielt. Die gigantische Raumstation des Imperiums misst beachtliche 160 Kilometer im Durchmesser und ist somit wirklich ähnlich groß wie der Himmelskörper nahe der Erde.

C-3PO verursachte einige technische Probleme am Set von *Episode III – Die Rache der Sith.* Seine goldene Rüstung reflektierte den Greenscreen, vor dem Szenen mit ihm gedreht wurden. In der Folge mussten die Tricktechniker die Spiegelungen Bild für Bild nachträglich übermalen.

Bei der Realisierung des großen Schwertkampfs zwischen Obi-Wan Kenobi und Anakin Skywalker, beziehungsweise Darth Vader, am Ende von *Episode III – Die Rache der Sith*, erhielt George Lucas Hilfe von einem alten Freund. Regisseur Steven Spielberg unterstützte ihn bei der Inszenierung des dramatischen Kampfes.

Arroganz des Alters

Der Brite Alec Guinness, der in *Episode IV–VI* Obi-Wan Kenobi verkörperte, konnte bereits vor *Star Wars* auf eine erfolgreiche Karriere blicken. Der Darsteller hatte schon in Klassikern wie *Die Brücke am Kwai, Lawrence von Arabien* oder *Doctor Schiwago* mitgewirkt und wurde für seine Künste von Queen Elizabeth II. zum Ritter geschlagen. Kritisch und auch leicht arrogant blickte er auf die Produktion von *Star Wars,* bezeichnete die Dialoge als „kläglich" und abgesehen vom Geld bedaure er, den Dreh angenommen zu haben. In seiner Autobiografie schrieb er, er habe einem Fan, der ihm gegenüber meinte, die Filme schon über 100-mal gesehen zu haben, nur dann ein Autogramm gegeben, als der Fan versprach, sie nie wieder anzuschauen. Und das, obwohl Guinness mit 2,25 Prozent an den überschüssigen Einnahmen von *Episode IV* beteiligt war, was ihn sehr wohlhabend machte.

Nicht nachmachen

Wer wie Darth Vader atmet, riskiert mitunter eine Klage. Denn der Soundeffekt ist beim US-Patent- und Markenamt eingetragen. Unter der Markennummer 77419252 steht in der dazugehörigen Dokumentation ganz offiziell, dass es sich hierbei um „das Geräusch rhythmischer mechanischer menschlicher Atmung, erzeugt durch das Atmen durch den Atemregler einer Tauchflasche" handelt.

Zeit heilt alle Wunden

Anthony Daniels hatte nach Drehschluss von *Episode VI – Die Rückkehr der Jedi-Ritter* ziemlich die Nase voll von seiner Rolle als C-3PO. In einem Interview mit dem People Magazine verriet er: „Am liebsten hätte ich das Kostüm mit einem Vorschlaghammer zertrümmert." Knapp 16 Jahre später hatte sich seine Laune augenscheinlich gebessert und er schlüpfte erneut in die Rolle des Protokolldroiden. Das Originalkostüm von 1983 hat auch überlebt, es steht mittlerweile im Smithsonian National Museum of American History.

PS-starke PR-Maßnahme

Um den Kinostart von *Episode III – Die Rache der Sith* zu bewerben, kooperierten die Macher mit dem Formel-1-Rennteam von Red Bull Racing. Zum Großen Preis von Monaco am 22. Mai 2005 wurden die Rennboliden der Fahrer David Coulthard, Vitantonio Liuzzi und Christian Klien mit Star-Wars-Logo versehen, dazu der markige Satz *„Powered by the Dark Side"* (angetrieben von der Dunklen Seite). In der Boxengasse tummelten sich Chewbacca, C-3PO und ein paar Sturmtruppler; ein als Darth Vader verkleideter Techniker organisierte die Reifenwechsel. Allerdings wurde schon damals deutlich, dass die Dunkle Seite schlussendlich unterliegen würde. Alle Fahrzeuge fielen während des Rennens aus und sahen die Zielflagge nicht.

Han hat zuerst geschossen

Als 1997 die Episoden *IV–VI* mit dem Zusatz *Special Edition* neu veröffentlicht wurden, beinhalteten sie neben digital überarbeiteter Effekte auch einige gänzlich neue Szenen und Änderungen an bekannten Abläufen. Die wohl kontroverseste Änderung passierte in *Episode IV – Eine neue Hoffnung*. Han Solo möchte gerade aus der Cantina in Mos Eisley aufbrechen, als ihn ein Kopfgeldjäger namens Greedo aufhält. Es folgt ein Gespräch, welches damit endet, dass Solo Greedo erschießt. In der Urfassung des Films erschießt Solo ohne Vorankündigung den ahnungslosen Kopfgeldjäger. Die Special Edition lässt jetzt Greedo zuerst einen Schuss aus dem Blaster abgeben, ehe er von Solo in Notwehr erschossen wird. Fans liefen Sturm gegen diese Anpassung, verlor ihr geliebter Schmuggler doch so einen gewissen kaltblütigen Charakterzug. Noch heute werden unter dem Motto *„Han shot first“* (Han schoss zuerst) hitzige Debatten über das Thema ausgefochten.

Zweiter Bildungsweg

Asajj Ventress ist eine Dunkle Jedi und eine Dienerin von Count Dooku, die mit zwei Zwillings-Lichtschwertern kämpft. Ursprünglich wurde der Charakter für *Episode II* entwickelt. Nachdem man aber die Figur Dooku immer weiter ausgebaut hatte, entschied man sich, Ventress für den Kinofilm fallen zu lassen. In der Serie *The Clone Wars* und in Comics tauchte sie dann erstmalig auf.

Bloß nichts Figurbetontes

Am Set von *Episode VIII – Die letzten Jedi* herrschte große Geheimhaltung. Schließlich sollte nichts von den Storywendungen, die der Film bereithält, nach außen dringen. Die Heimlichtuerei ging so weit, dass die Schauspieler sich lange schwarze Roben anziehen mussten, wenn sie auf dem Weg vom oder zum Set waren. Mitunter mussten sie sich auch das Gesicht verhüllen und eine Kapuze aufsetzen, damit niemand Rückschlüsse auf die Frisuren ziehen konnte. Selbstverständlich wurde man auch nur in Autos mit getönten Scheiben chauffiert.

Bitte werfen Sie eine Münze ein

Im Jahr 1983 brachte Videospielehersteller Atari *Star Wars* in die Spielhallen. Der Arcade-Automat bestach durch seine damals spektakuläre Vektorgrafik, die durch berechnete Linien X-Flügler, TIE-Fighter und sogar den Todesstern auf den Bildschirm brachte. Ihr erlebt die Schlacht um den ersten Todesstern in zwei Phasen. Zuerst befindet ihr euch im Anflug und verteidigt euch gegen imperiale Piloten. Anschließend geht es in den berühmten Graben, den ihr bis zum Lüftungsschacht durchfliegt. Passt dabei auf die Geschütze auf. Seid ihr erfolgreich, startet die Mission mit höherer Schwierigkeit erneut. Neben der passenden Musik hatte der Automat sogar so etwas wie Sprachausgabe.

Kein Plan von der Materie

20th Century Fox war anfangs nicht bewusst, was sie bei *Episode IV – Eine neue Hoffnung* erwarten würde. Augenscheinlich war man zudem ziemlich überfordert damit, den Film richtig zu vermarkten, Interesse zu generieren oder die Menschen sonst neugierig auf den kommenden Streifen zu machen. Gut zu sehen ist dies an den ersten Postern, die damals in den Kinofoyers aufgehängt wurden. Als Untertitel standen darauf Sätze, die damals eher wie Platzhalter wirkten, mit Blick auf den Film aber auch schlicht falsch sind. Hier mal zwei Beispiele: „Eine Odyssee an den Rand Ihrer Vorstellungskraft und darüber hinaus" oder „Im Jahr 3000, wenn Raumschiffe mit Lichtgeschwindigkeit durch die Galaxis reisen, (…) wenn Milliarden Sonnen und alle ihre Planeten von einer einzigen, großartigen Kraft kontrolliert werden, (…) wird ein Mann ein episches Abenteuer erleben, größer als jeder Mann vor ihm und jeder Mann nach ihm. STAR WARS" Schlussendlich waren es die Macher von *Episode IV* selbst, die sich ums Marketing kümmerten.

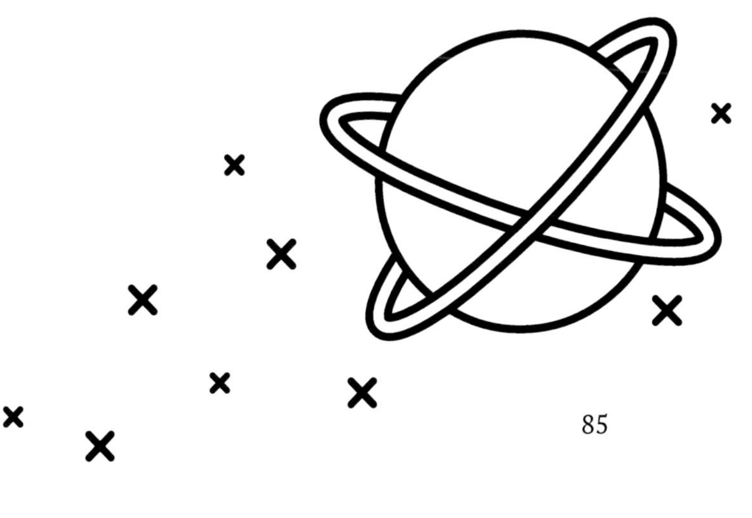

Spaßvogel George

Mit *Episode I – Die dunkle Bedrohung* führte George Lucas eine Figur namens Jar Jar Binks ein. Der trottelige Gungan mit der merkwürdigen Sprache war von Lucas eigentlich als liebenswerte Figur gedacht, die besonders das jüngere Publikum unterhalten und durch das Abenteuer führen sollte. Aber die Fans hassten ihn und machten ihrem Ärger bei jeder Gelegenheit Luft. Als Lucas mit dem Schreiben von *Episode II – Angriff der Klonkrieger* begann, konnte er sich einen Seitenhieb auf die wütenden Leute nicht verkneifen. Er präsentierte ein Foto des ersten Drehbuchentwurfs mit dem Titel *Episode II – Jar Jars großes Abenteuer* und erfreute sich anschließend an dem erneuten Aufruhr.

Andere Filme profitieren

Der erste Trailer mit Bildern von *Episode I – Die dunkle Bedrohung* erschien im November 1998. Logisch, dass die Fans unbedingt einen frühen Blick auf ihre Lieblingsgalaxis werfen wollten. Das machten sich die Kinos zunutze und bewarben die eher uninteressanten Filme ihres Programms damit, dass im Vorfeld der Trailer zu sehen sein werde. In der Folge schnellten bei diesen Filmen schlagartig die Ticketverkäufe in die Höhe. Wie viele Personen allerdings zum Start des Hauptfilms das Kino bereits wieder verlassen haben, ist nicht bekannt.

kurz & knapp

Nachdem der Eröffnungstext eines Star-Wars-Films durchgelaufen ist, starten die Filme mit einem Kameraschwenk nach unten. Erst *Rogue One* durchbrach dieses Muster. Er ist auch der erste Kinofilm aus dem Universum, der thematisch von den Jedi und der Macht abweicht, und uns stattdessen etwas über die voranschreitende Rebellion gegen das Imperium erzählt.

Ahsoka Tano hat einen Spitznamen. Als sie während der Klonkriege noch Padawan von Anakin Skywalker war, nannte er sie „Snips". Das Ganze war eine Anspielung auf die in Anakins Augen schnippische Einstellung der jungen Tano.

Weil die Serie *Andor* zum größten Teil auf Computereffekte verzichtete, wurden große Menschenansammlungen auch mit echten Darstellern gedreht und nicht etwa nachträglich digital vergrößert. Deswegen waren über 200 Schauspieler beim Dreh involviert.

kurz & knapp

Bestimmt hattet ihr auch schon mal einen Ohrwurm von dem Song der Band in der Cantina in Mos Eisley. Der Name der Musiktruppe lautet „Figrin D'an and the Modal Nodes", der Titel des Stücks heißt *Mad about me*.

Blaster schießen gebündelte Lichtenergie auf den Gegner. Man kann dabei zwischen betäubenden und tödlichen Schüssen umschalten. Prinzessin Leia ist die einzige Figur, die sowohl einmal betäubt wird, als auch selber jemand betäubt, Poe Dameron in *Episode VIII – Die letzten Jedi*.

Peter Mayhew postete 2016 ein paar Fotos auf Twitter. Zu sehen sind einige Seiten des Drehbuchs für *Episode IV*. Daraus wird klar, Obi-Wan Kenobi sollte ursprünglich nicht von Darth Vader getötet werden. Vorher schaffte es der alte Jedi, eine Luftschleuse zu schließen und mit den anderen zu entkommen.

C-3PO ist nicht komplett gold. Sein unteres rechtes Bein ist silbern.

Das ist Fanliebe

Habt ihr schon einmal von *Star Wars – Descendants of Order 66* gehört? Der Film ist ein gigantisches, selbst finanziertes Fanprojekt von Lars Böhl aus Kassel und seinen Freunden, den Brüdern Benedikt und Veit Gallitz aus München. Über 16 Jahre arbeiteten sie an ihrem Werk. Im Laufe der Entwicklung schlossen sich ihnen gut 200 andere Fans aus der ganzen Welt an, nähten Kostüme, übernahmen Rollen, produzierten Spezialeffekte. Gedreht wurde sogar teilweise an den gleichen Schauplätzen wie bei den Originalfilmen. Die Geschichte spielt zwischen *Episode III* und *Episode IV* und handelt von einem Jungen namens Galve Mepur, der nach der Order 66 plötzlich die Macht in sich spürt und sich fortan vor dem Imperium verstecken muss. Mit der Zeit wurde das Projekt so berühmt, dass sich selbst George Lucas bei den Männern meldete. Premiere feierte der Film im Jahr 2022. Ihr könnt ihn in mehreren Episoden ganz legal im Internet ansehen.

Mit Feuchtigkeitsspender

Anlässlich *Episode I* brachte Yves Saint Laurent eine Kosmetikreihe auf den Markt, die sich an Königin Amidala von Naboo orientierte. Viele Braun- und Rottöne, dazu weißes Make-up. Aller Exklusivität der Marke zum Trotz waren innerhalb von zwei Wochen alle Bestände ausverkauft.

Besser arm dran als Arm ab

Wenn ihr in der Galaxis unterwegs seid, passt besser auf eure Gliedmaßen auf. Sie könnten euch von einem Lichtschwert abgeschlagen werden. Ganze neun Mal verliert irgendjemand in der Saga einen Arm oder eine Hand. Dazu kommt noch ein halbierter Darth Maul, ein kopfloser Jango Fett, ein fast vollständig zerlegter Anakin und noch ein halber Snoke. Gesamtsieger im Abschlagen ist Obi-Wan Kenobi mit sechs Händen und zwei Armen, gefolgt von Anakin beziehungsweise Darth Vader, der vier Arme oder Hände für sich verbuchen kann. Ehrenvolle Erwähnungen erhalten Chewbacca, der in *Solo – A Star Wars Story* zwei Arme mit bloßer Kraft ausreißt und der Wookiee Black Krrsantan, der es ihm in *Das Buch von Boba Fett* gleichtut.

Geschnittener Schmuggelbube

George Lucas plante zuerst, dass nicht nur Luke und Leia, sondern auch Han in *Episode III – Die Rache der Sith* auftauchen. Luke und Leia sind die beiden Neugeborenen am Ende, klar. Aber wo sollte Han sein? Lucas überlegte, ihn als zehnjährigen Waisenjungen auf dem Planeten Kashyyyk zu zeigen, wo er von Chewbacca aufgezogen wird. Er sollte mitbekommen, wie ein Droide ein Signal vom Planeten Utapau empfängt, was die Jedi auf die Spur von General Grievous bringt.

Alles echt

Im Gegensatz zu den Serien *The Mandalorian, Obi-Wan Kenobi, Das Buch von Boba Fett* und *Ahsoka* verzichteten die Macher von *Andor* bei der Produktion auf die Nutzung der über sechs Meter hohen LED-Wand namens „The Volume“ (siehe Seite 57), um Hintergründe zu erschaffen. Wie Drehbuchautor Tony Gilroy verriet, wollte man für die Serie über den aufstrebenden Rebellen Cassian Andor ein erdigeres, authentischeres Ambiente schaffen als in den Serien zuvor. Um den gewünschten Stil zu erreichen, wurden echte Sets gebaut.

Pimp my Ride

In *Rogue One* erleben wir, wie die Rebellen um Cassian Andor die Baupläne des ersten Todessterns stehlen. Anschließend übermitteln sie diese an Prinzessin Leia, die sich an Bord einer correllianischen Korvette im Orbit in Funkreichweite befindet. In der Folge muss sie vor dem Imperium fliehen, wird allerdings geentert und gefangen genommen. Dies ist der Beginn von *Episode IV.* Das Schiff, auf dem sie versucht, zu fliehen, hieß Tantive IV. Eigentlich war das Schiffsmodell von den Filmemachern als der Millennium Falke für Han Solo erdacht. Da aber vor Drehbeginn die Fernsehserie *Mondbasis Alpha* startete, in der ein sehr ähnlich aussehendes Raumschiff zu sehen war, entschied man sich um.

Blau am Set

George Lucas konnte es sich nicht nehmen lassen, selber auch einmal in der weit, weit entfernten Galaxis aufzutauchen. Allerdings ist es gar nicht so einfach, den Schöpfer von *Star Wars* zu entdecken. In *Episode III – Die Rache der Sith* betritt Anakin Skywalker die Oper auf Coruscant, um sich dort mit Kanzler Palpatine zu treffen. Dabei schreitet er an anderen gut betuchten Besuchern vorbei. Ganz links im Bild könnt ihr zwei blauhäutige Figuren vom Volk der Pantoraner entdecken – das sind George Lucas und seine Tochter Katie. Lucas‘ Charakter hat sogar einen Namen: Baron Notluwiski Papanoida.

Eingefrorene Verhandlungen

Am Ende von *Episode V – Das Imperium schlägt zurück* wird Han Solo in Karbonit eingefroren und vom Kopfgeldjäger Boba Fett von Bespin nach Tatooine zu Jabba dem Hutten gebracht. Die Szene hat einen geschäftlichen Hintergrund. Solo-Darsteller Harrison Ford hatte bisher noch keinen Vertrag für einen weiteren Film unterschrieben. Sollte er letzten Endes für *Episode VI* nicht zur Verfügung stehen, hätte man ihn so einfach aus der Handlung heraus und im Karbonit lassen können.

Yoda starb im Alter von 900 Jahren. Er kam 896 VSY zur Welt und wurde eins mit der Macht im Jahr 4 NSY.

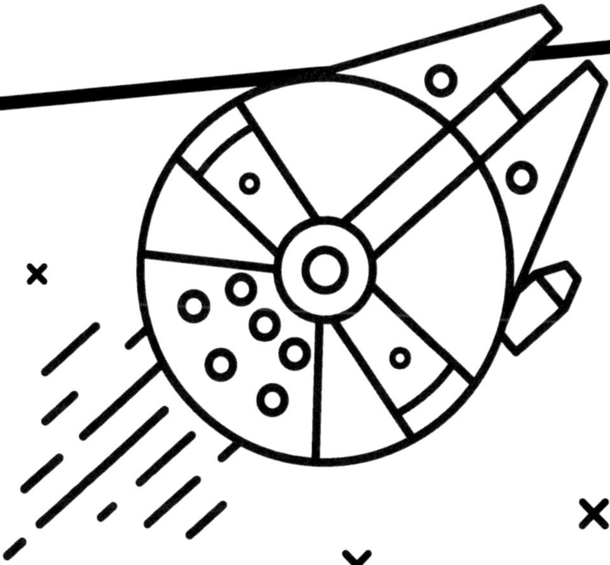

Der Beste seiner Art

Frank Oz war der Puppenspieler, der in den Episoden *V* und *VI*, sowie in der Originalversion von *Episode I – Die dunkle Bedrohung* die Figur des Yoda zum Leben erweckte. Oz ist auch für weitere berühmte Puppenspielereien bekannt. Unter der Leitung von Jim Henson lieh er abseits der Sternensaga bekannten Figuren wie Miss Piggy und Fozzie Bär aus der *Muppet Show* seine Hände und Stimme. Und natürlich war er auch Bert, der gelbe griesgrämige beste Freund von Ernie aus der *Sesamstraße*. Für Jim Henson war Oz schlicht „der größte Puppenspieler der Welt".

Auch blinde Hühner finden Körner

Sturmtruppen sind glücklicherweise keine guten Schützen. Dass sie aber manchmal doch in der Lage sind, ein Ziel zu treffen, musste Prinzessin Leia als Einzige gleich zweimal erfahren. In *Episode VI – Die Rückkehr der Jedi-Ritter* wird sie während des Kampfs auf Endor an der Schulter getroffen. In *Episode IV – Eine neue Hoffnung* schießt ihr ein Truppler in den Rücken. Glück im Unglück, dass hier der Blaster auf Betäubung eingestellt war, sonst wäre ihr Abenteuer jäh vorbei gewesen. Überhaupt ist das der einzige Moment der Original-Trilogie, in dem diese Funktion zum Einsatz kommt.

Verhasste Doppelrolle

Kenny Baker, der Schauspieler im Inneren von R2-D2, verkörperte in *Episode VI – Die Rückkehr der Jedi-Ritter* auch einen Ewok namens Paploo. Das ist der Ewok, der die imperialen Truppen auf Endor ablenkt, indem er das Speeder-Bike klaut. Seine Zeit im Kostüm als pelziger Bewohner des Waldmonds beschrieb Baker als eher unangenehme Erfahrung, sagte darüber: „Wenn man den Kopf aufsetzte, beschlugen die Augen, sodass man nicht sehen konnte, wohin man ging. Wir stolperten ständig über Äste und wenn du am Boden lagst, konntest du nicht mehr aufstehen – du musstest einfach liegen bleiben, bis jemand kam und dich aufhob.“ Die Rolle als R2-D2 war allerdings auch nicht viel besser. Kenny Baker stieg vor seinen Drehs stets in den Rumpf von R2-D2, wurde dort verkabelt, damit er die Mechanismen des Droiden korrekt bedienen konnte und bekam zuletzt den Kopf aufgesetzt. In seinem Kostüm war er so stark von der Außenwelt abgeschirmt, dass er manchmal das Ende einer Szene nicht mitbekam und sich die Kollegen mit Klopfen auf seinen Deckel bemerkbar machen mussten. Noch schlimmer war allerdings, dass er mitunter in der Büchse vergessen wurde und man ohne ihn zur Pause ging. So stand der arme Kenny dann allein am Set, während die anderen ihr Mittagessen genossen.

Das sieht ja räumlich aus

Episode I – Die dunkle Bedrohung kam im Februar 2012 erneut in die Kinos, diesmal in 3D. Geplant war, auch *Episode II* und *III* in dem neuen Format zu veröffentlichen. Nach dem Verkauf von Lucasfilm an Disney, entschied sich die Mäusefirma im Januar 2013 allerdings, keine weiteren 3D-Adaptionen der Filme mehr herauszubringen. Man wollte sich stattdessen auf die Produktion der Episoden *VII–IX* konzentrieren. Auf der europäischen Star Wars Celebration im Juli 2013, dem weltgrößten Fest für Anhänger der Sternensaga, wurde *Episode II – Angriff der Klonkrieger* dann doch einmal in 3D gezeigt. Zwei Jahre später bekamen die Fans im kalifornischen Anaheim auf der Veranstaltung exklusiv die dritte Episode als 3D-Fassung zu sehen.

Diese Stimme

In der Folge *Kapitel 5 – Der Revolverheld* von *The Mandalorian* befindet sich der Mandalorianer auf Tatooine. In Mos Eisley betritt er die berühmte Cantina, die wir bereits aus *Episode IV – Eine neue Hoffnung* kennen. Im Gegensatz zu damals scheinen Droiden jetzt aber sehr wohl erwünscht zu sein. Hinter dem Tresen steht der Droide EV-9D9, den wir erstmalig in Jabbas Palast in *Episode VI – Die Rückkehr der Jedi-Ritter* zu sehen bekamen. Solltet ihr mit der englischen Originalvertonung vertraut sein, könnt ihr euch freuen: Der Droide wird nämlich von Mark Hamill, Luke Skywalker, gesprochen.

kurz & knapp

Im April 1978 brachte Spielzeughersteller Kenner eine kleine Jawa-Figur auf den Markt. Der Mantel des Schrotthändlers war aus Vinyl gefertigt. Später entschied man sich, den Mantel ab sofort aus Stoff herzustellen. Die Original-Fassung des „Utinni“-Schreiers ist heute bei Sammlern sehr gefragt.

Das Schiff von Boba Fett hat einen abscheulichen Namen. Es wurde auf Sklave I getauft. Ursprünglich war es ein Patrouillen- und Angriffsschiff der Firespray 31-Klasse, ehe es von Bobas Vater Jango zur Kopfgeldjagd genutzt wurde und nach dessen Tod an den Sohn überging.

OGLE-2005-BLG-390Lb ist die Bezeichnung eines Exoplaneten, der im Jahr 2005 im Sternbild Schütze entdeckt wurde. Aufgrund seiner Oberflächentemperatur von frostigen −220° Celsius verlieh ihm die amerikanische Weltraumbehörde Nasa den Spitznamen „Hoth“ – wie der Eisplanet.

kurz & knapp

Ahsoka Tano wird in der Serie gespielt von Rosario Dawson. Dass sie die Rolle bekam, verdankt sie nach eigenen Aussagen Twitter. Fans haben sich auf der Plattform seit Jahren stark für sie eingesetzt. Regisseur Dave Filoni wurde durch eine Fanzeichnung auf dem Nachrichtendienst auf Dawson aufmerksam und besetzte sie.

Für ihr letztes Gefecht in *Episode III – Die Rache der Sith* mussten Hayden Christensen und Ewan McGregor lange trainieren. Über zwei Monate studierten sie die Choreografie Schlag für Schlag, Tritt für Tritt ein. Das Resultat ist ein wahrlich episches Duell zwischen Darth Vader und Obi-Wan Kenobi.

In *Episode II – Angriff der Klonkrieger* nutzt Obi-Wan den Jedi-Gedankentrick, damit ein Dealer nicht versucht, ihm Killersticks zu verkaufen. Laut George Lucas war dies eine gezielte Anspielung auf Zigaretten, die einem mit jedem Atemzug das Leben etwas verkürzen.

Vier Darsteller, ein Charakter

Um den ultimativen Filmbösewicht Darth Vader in der Original-Trilogie treffend in Szene zu setzen, entschied sich George Lucas dazu, gleich vier Personen zu einer Figur zu verschmelzen. Im Kostüm am Set steckte die meiste Zeit David Prowse, Bodybuilder und mit knapp zwei Meter Körpergröße ein Hüne gegenüber den anderen Darstellern. Die bedrohliche Stimme des Sith Lords wurde von Schauspieler James Earl Jones eingesprochen. In den Lichtschwertkämpfen kam der Fechter und Choreograf Bob Anderson zum Einsatz. Zuletzt spielte Sebastian Shaw den Darth Vader ohne Helm, der in Lukes Armen stirbt.

Echte Gefühle

Also doch: Prinzessin Leia und Han Solo fanden sich auch im echten Leben ziemlich anziehend. Das schrieb Carrie Fisher in ihren Memoiren *The Princess Diarist,* die 2016 veröffentlicht wurden. Sie beschreibt, wie Harrison Ford sie kurz nach dem Beginn der Dreharbeiten zu *Episode IV – Eine neue Hoffnung* auf einer Party vor aufdringlichen Männern rettete und schließlich selber mit ihr eine Affäre begann. Das Ganze ging leider nicht glücklich für Fisher aus. Die Affäre dauerte drei Monate. Bis zuletzt hatte sie gehofft, Ford würde ihr zuliebe seine Frau und Kinder verlassen.

Kein Motivations-problem mehr

In *Episode IV – Eine neue Hoffnung* erwägen Luke Skywalker und sein Onkel Owen Lars zuerst den Kauf des Droiden R5-D4 anstelle von R2-D2. Allerdings kommt es bei R5 zu einer Fehlfunktion des Motivators, weswegen man sich für R2-D2 entscheidet. Danach war der Droide nur noch sporadisch zu sehen. Aber Jahre später taucht R5-D4 in der Serie *The Mandalorian* wieder auf, jetzt im Dienst der Mechanikerin Peli Motto auf Tatooine. In einer Kurzgeschichte namens *The Red One* wird die Hintergrundgeschichte des roten Droiden beleuchtet. Demnach hatte er damals gar keine Fehlfunktion, sondern hat den defekten Motivator simuliert. R2-D2 hat ihn vorher eindringlich darum gebeten und konnte ihn schlussendlich davon überzeugen, dass das Schicksal der gesamten Galaxis davon abhinge.

Das hat er nicht gesagt

Um die Schnattertasche David Prowse davon abzuhalten, Storywindungen in kommenden Star-Wars-Filmen auszuplaudern, ließ man den Darth-Vader-Darsteller falsche Dialoge für seine Szenen sprechen. Er würde ja ohnehin nicht selbst zu hören sein, Darth Vaders Stimme wurde von James Earl Jones neu eingesprochen. So hat Prowse nie den ikonischen Satz „Nein, ich bin dein Vater“ gesagt. Er sagte stattdessen, dass Obi-Wan Lukes Vater getötet habe.

Sieht schlimmer aus, als es ist

Pedro Pascal, dem Schauspieler hinter Din Djarin, passierte ein blödes Missgeschick, kurz bevor er die letzten Szenen für die erste Staffel von *The Mandalorian* drehen sollte. Er übersah ein Stück Sperrholz und stolperte. Dabei verletzte er sich im Gesicht und wurde ins Krankenhaus gebracht, um an der Nase genäht zu werden. Dort angekommen, bekamen die Ärzte einen großen Schreck. Zusätzlich zu echtem Blut hatte Pascal noch jede Menge aufgeschminkte Verletzungen im Gesicht. Als das Unglück passierte, war Pascal auf dem Weg, genau die Szenen zu drehen, in denen der Mandalorianer seinen Helm abnimmt und man sein blutverschmiertes Antlitz sehen kann. Wie es sich für einen harten Hund wie Din Djarin gehört, kehrte Pascal direkt, nachdem er behandelt wurde, wieder ans Set zurück und beendete den Dreh.

Nicht jugendfrei

Die Requisiteure hatten eine extra Überraschung für Samuel L. Jackson parat. Zumindest behauptet dies der Schauspieler. Im Griff des Lichtschwerts seiner Figur Mace Windu sollten die Buchstaben „BMF“ eingraviert sein. Die Gravur sei eine Anspielung auf Jacksons ikonische Rolle als Jules Winnfield in Quentin Tarantinos *Pulp Fiction*. Der Gangster trägt eine Geldbörse, auf der die Worte „Bad Mother Fu…“ stehen.

Der beste Freund des Menschen

Als George Lucas das Drehbuch zu *Episode IV – Eine neue Hoffnung* schrieb, hatte er eine treue Begleitung. Neben ihm saß seine Hündin, ein Alaskan Malamute. Ein stattliches, kraftvolles und treues Tier mit knapp 70 Kilogramm Lebendgewicht. Als Lucas nach dem passenden Look für Han Solos besten Freund Chewbacca suchte, musste er nicht weiter schauen als bis knapp über die Tischkante. Der Name seiner Hündin war übrigens Indiana. Na, klingelt da was bei euch? George Lucas schrieb ebenfalls die Geschichten eines gewissen Indiana Jones. Es war also gar keine Fiktion, als in *Indiana Jones und der letzte Kreuzzug* der Satz fiel: „Wir nannten den Hund Indiana."

Premiere und dabei Gutes tun

Am 12. Mai 2002 feierte *Episode II – Angriff der Klonkrieger* mit großem Medienrummel und vielen prominenten Gästen als Teil des Tribeca Film Festivals in New York City Premiere. Die Einnahmen durch den Ticketverkauf wurden der Children's Aid Society gespendet, einer von George Lucas unterstützten Wohltätigkeitsorganisation. Auf dem Festival gab es noch zwei weitere Aufführungen des Films. Diese waren vorbehaltlich für Kinder aus dem Children's-Aid-Programm und für Familien, deren Leben durch die schrecklichen Attentate vom 11. September 2001 betroffen waren.

Im Jahr 32 VSY wird Sheev Palpatine, Senator von Naboo, zum Obersten Kanzler der Republik gewählt. Niemand hätte gedacht, dass er eigentlich der Sith-Lord Darth Sidious ist und sich später zum Imperator aufschwingen würde.

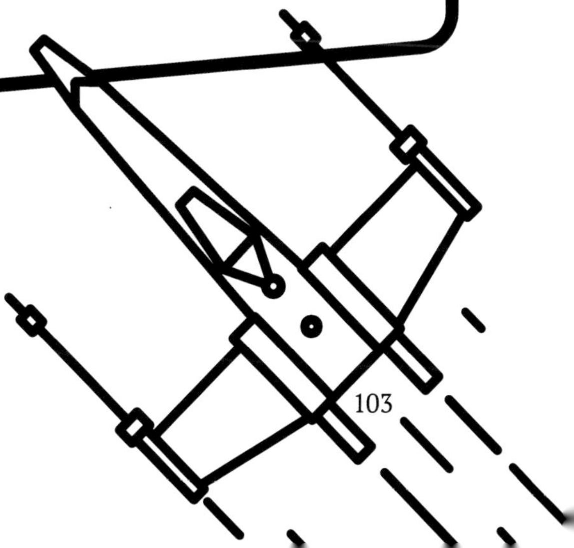

Sprachbarrieren

In *Episode VI – Die Rückkehr der Jedi-Ritter* fliegt Lando Calrissian den Millennium Falken in der Schlacht um den zweiten Todesstern. Sein merkwürdig aussehender Co-Pilot heißt Nien Nunb. Zwischendurch sagt Nunb etwas, was ihr wahrscheinlich nicht verstanden und als eine weitere Kunstsprache abgetan habt. Aber das stimmt so nicht. Nien Nunb spricht eine real existierende Sprache. Er spricht Kikuyu, die Sprache der größten ethnischen Bevölkerungsgruppe im afrikanischen Kenia. Tatsächlich sagt er übersetzt in etwa das: „Was macht ihr alle da drüben? Kommt alle her." Logisch, dass Nien Nunb in Afrika eine große Fangemeinde besitzt.

Immer teurer

Harrison Ford erhielt für seine erneute Darstellung von Han Solo in *Episode VII – Das Erwachen der Macht* die sehr ordentliche Gage von 20 Millionen US-Dollar. Gepaart mit einer prozentualen Beteiligung an den Kinokartenverkäufen könnte er sogar ungefähr 35 Millionen für den Dreh erhalten haben. Ein ganz schöner Gehaltsanstieg für Ford. Als er in *Episode IV – Eine neue Hoffnung* das erste Mal den Schmuggler verkörperte, lag sein Gehalt nur bei 10.000 US-Dollar, was heute ungefähr 42.000 US-Dollar wären. In den Folgefilmen lag seine Gage zuerst bei 100.000, dann bei 500.000 US-Dollar.

kurz & knapp

Ein kleines Zöpfchen in den Haaren ist das auffälligste Erkennungszeichen eines Padawans. Wenn er nach den erfolgreich bestandenen Prüfungen zum Ritter geschlagen wird, wird der Zopf vom Jedi-Großmeister in einer Zeremonie mit seinem Lichtschwert abgeschlagen.

Der US-amerikanische Musiker Meco brachte 1977 seine Version der Star-Wars-Titelmusik auf den Markt. Das Stück ist eine schmissige Disco-Version der bekannten Melodie, untermalt von galaktischen Soundeffekten, und war damals ein Abräumer in den Tanzlokalen.

In der Originalfassung von *Episode I – Die dunkle Bedrohung* wird Yoda von einer Puppe dargestellt. Erst 2011, für die Veröffentlichung auf Blu-Ray-Disc, wurde sie durch eine computergenerierte Figur ersetzt.

Das Tauntaun trägt Luke und Han über verschneite Hügel durch den Sturm auf dem Eisplaneten Hoth. In Wirklichkeit bestand das Set aus einem Gemälde einer Schneelandschaft, die Hügel waren aus Backpulver.

kurz & knapp

Produzentin Kathleen Kennedy fuhr persönlich zu Carrie Fisher, um sich die Erlaubnis für die letzten Szenen von *Rogue One*, in denen eine junge Prinzessin Leia zu sehen ist, einzuholen. Als Fisher die Bilder sah, war sie sehr verwirrt und konnte sich nicht erinnern, damals diese Einstellungen gedreht zu haben. Wie könnte sie auch, schließlich schaute sie auf eine digital nachgebaute Leia.

Der gigantische Rancor, der in der Höhle unter Jabbas Palast auf heruntergeworfene Opfer wartet, ist in der Realität weniger beeindruckend. Das Monster ist eine knapp 60 Zentimeter hohe Schaumstoffpuppe und wurde beim Dreh von drei Personen bewegt.

Mit dem Erfolg von *Episode IV – Eine neue Hoffnung* stieg auch rasch das Interesse am Soundtrack. Die Erstauflage der von John Williams komponierten Filmmusik war bereits nach einer Woche ausverkauft.

Schlecht gepokert

James Earl Jones, die Stimme von Darth Vader, hatte als Bezahlung für seinen Job bei *Episode IV – Eine neue Hoffnung* zwei Angebote auf dem Tisch liegen. Entweder akzeptierte er 7.000 US-Dollar Gage, was heute ungefähr 25.000 US-Dollar entspricht, oder er bekam eine prozentuale Beteiligung an den Ticketverkäufen. Jones entschied sich für den festgelegten Betrag – er dachte sich, das sei ihm zumindest sicher. So machte er damit, nach eigener Aussage, den größten finanziellen Fehler seines Lebens. Nun nicht an den Ticketeinnahmen des Films beteiligt, gingen ihm mehrere Millionen Dollar durch die Lappen. Zum Vergleich, Alec Guinness und seine Nachfahren haben über die Jahre knapp 100 Millionen US-Dollar mit der damals ausgehandelten Gewinnbeteiligung für die Rolle des Obi-Wan Kenobi erhalten.

Sag's nicht George

George Lucas arbeitete immer noch am Drehbuch für *Episode II – Angriff der Klonkrieger,* während bereits Szenen für den Film gedreht wurden. Produzent Rick McCallum übte ordentlich Druck auf Lucas aus. In Sydney, Australien, waren die Dreharbeiten in vollem Gange und er brauchte endlich ein fertiges Skript. Co-Autor Jonathan Hales schickte heimlich hinter Lucas' Rücken einen Entwurf des Buchs nach Down Under, damit die Arbeiten dort vorangehen konnten.

Wer zahlt da die Alimente?

Wie ihr euch bestimmt erinnert, erzählte Anakins Mutter Shmi über ihre Schwangerschaft, dass es keinen Vater gebe. Die Empfängnis sei ohne einen Erzeuger passiert. Für *Episode III – Die Rache der Sith* war zuerst geplant, dass der Imperator dahintersteckte. In der Szene, in der er sich Anakin offenbart, sollte er auch enthüllen, dass er einst die Macht manipulierte, um Anakin im Leib seiner Mutter zu erschaffen. Gewissermaßen wäre er dann also Anakins Vater. Letzten Endes wurde dies aber aus dem Drehbuch gestrichen, weil George Lucas befand, dass solch eine Wendung zu viele Ähnlichkeiten mit der Original-Trilogie und Vaders Vaterschaft haben würde.

Aus Blau mach Rot

In der Schlacht von Yavin fliegt Luke Skywalker in der Roten Flugstaffel der Rebellen. Ursprünglich sollte dies die Blaue Staffel sein und dementsprechend die X-Flügler mit blauen Streifen versehen sein. Es stellte sich aber heraus, dass das Blau die nachträgliche Bildbearbeitung für die Tricktechniker von ILM viel komplizierter machte. Die Szenen wurden vor einem sogenannten Bluescreen gedreht, der Hintergrund wurde später eingefügt. Deswegen wechselte Luke seine Staffelzugehörigkeit von Blau zu Rot.

Entfernte Vorhersage

Der junge Anakin Skywalker hat in *Episode I – Die dunkle Bedrohung* einen Freund namens Wald. Dieser gehört zum reptiloiden Volk der Rodianer; derselben Rasse, zu der auch Kopfgeldjäger Greedo gehört, welcher in *Episode IV* von Han Solo in der Cantina von Mos Eisley erschossen wird. In einer Szene, die aus *Episode I* entfernt wurde, sieht man Anakin, wie er sich mit einem unbekannten Rodianer streitet. Sein Freund Wald geht dazwischen. Er kennt den anderen Jungen, nennt ihn „Greedo" und sagt ihm, dass es noch ein böses Ende mit ihm nehmen wird. Was dann ja in *Episode IV* tatsächlich passiert. George Lucas entschied sich, die Szene aus dem Film zu schneiden, er wollte nicht, dass die Zuschauer bereits so früh Anakins aggressives Potenzial zu sehen bekommen.

Niemals sterben

Nur den fähigsten Jedi gelang es, nach ihrem Ableben vollends mit der Macht eins zu werden. Dafür ist jahrelanges Training, Meditation und Konzentration notwendig. Meister Qui-Gon Jinn ist der erste Jedi, dem es gelang, sein Bewusstsein als Machtgeist auch nach seinem Tod zu erhalten. Dieses Wissen gibt er an Yoda und Obi-Wan weiter, die ihrerseits die Fähigkeit in ihrem Exil auf Dagobah beziehungsweise Tatooine erlangen. In der Folge erscheinen sie Luke Skywalker nach ihrem Tod mehrmals als Machtgeist.

Und jetzt lass ganz langsam die Klinge kommen

Luke Skywalker ist Opfer eines bekannten Internet-Memes, was seinem Darsteller Mark Hamill sehr unangenehm ist. Die Rede ist von dem Moment, als Luke das erste Mal in *Episode IV – Eine neue Hoffnung* das Lichtschwert seines Vaters in den Händen hält. Es existiert ein Foto, auf dem Luke direkt in die Öffnung, aus der sonst die Klinge schnellt, blickt. Schnell machten sich „kreative“ Menschen im Internet daran, in das Foto die ausgefahrene Klinge einzuarbeiten, wonach sie dem jungen Skywalker direkt durchs Auge und den Hinterkopf stößt. Auf Twitter meinte Hamill dazu, dass ihn dieses Bild jedes Mal peinlich berühre, wenn er es sieht. Allerdings könne er sich nicht daran erinnern, während des Films in die Öffnung geschaut zu haben. Vielleicht handelt es sich um ein Foto vom Set, das abseits der Dreharbeiten entstand. Das würde auch erklären, weswegen der neben ihm sitzende Obi-Wan auch recht entspannt wirkt.

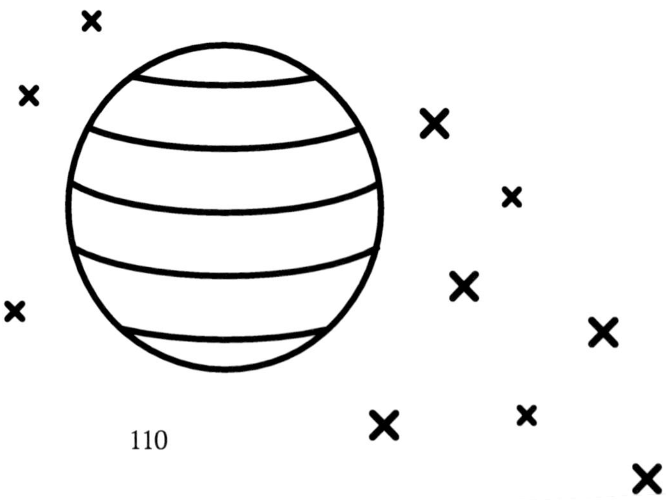

Die Macht war stark in ihm

Daniel Fleetwood wurde der erste Mensch der Welt, der *Episode VII* sehen durfte. Der Grund dafür ist allerdings ein sehr trauriger. Im Jahr 2015 wurde bei dem 32-Jährigen eine besonders aggressive Form von Lungenkrebs diagnostiziert. Es war abzusehen, dass er zur Premiere des Films im Dezember höchstwahrscheinlich schon nicht mehr leben würde. Als glühender Star-Wars-Fan war es sein letzter Wunsch, unbedingt noch einen Blick auf den Streifen werfen zu können. Er startete gemeinsam mit seiner Frau Ashley einen Aufruf im Internet, der sich rasend schnell unter dem Hashtag #ForceForDaniel verbreitete. Unterstützung erhielt er dabei sogar von den Schauspielern Mark Hamill, Gwendoline Christie und John Boyega. Tatsächlich meldete sich irgendwann Regisseur J. J. Abrams bei den Fleetwoods und am 5. November durfte Daniel eine noch nicht ganz fertige Version des Films in einer privaten Vorstellung erleben. Fünf Tage später wurde Daniel Fleetwood eins mit der Macht.

Give Peace a Chance

Tim Rose spielte Admiral Ackbar, den Anführer des Rebellenangriffs auf den zweiten Todesstern in *Episode VI.* Am Set hatte Rose schwer mit seinen politischen Überzeugungen zu kämpfen. Selber ein erklärter Kriegsgegner, setzten die Schlachtszenen dem britischen Schauspieler dermaßen zu, dass er nach Drehende weinend in seinem Stuhl zusammenbrach.

Wer flüstert da?

In einer Szene in *Episode VII – Das Erwachen der Macht* findet Rey das alte Lichtschwert von Luke Skywalker. Als sie es berührt, erlebt sie Visionen von mehreren vergangenen Momenten. Sie sieht Luke und Darth Vader in der Wolkenstadt auf Bespin kämpfen, erkennt Luke gemeinsam mit R2-D2 und sie wirft einen Blick auf Kylo Ren. Außerdem hört sie die leisen Stimmen von Yoda und Obi-Wan Kenobi. Für diese Szene waren Frank Oz, die Stimme hinter Yoda, und Ewan McGregor tatsächlich noch einmal im Studio, um ihren Text aufzunehmen. Noch verrückter ist allerdings, dass in der Originalfassung des Films sogar der bereits im Jahr 2000 verstorbene Alec Guinness zu hören ist. Dank moderner Tontechnik gelang es, aus einem ursprünglichen Wort „*afraid*“ (ängstlich), das von dem Schauspieler einst aufgenommen wurde, ein total echt klingendes „Rey“ werden zu lassen.

Was da wohl drinstand?

Der Disney-Konzern kaufte 2012 die Firma Lucasfilm und damit auch die Rechte an *Star Wars*. Im Paket enthalten waren auch George Lucas‘ erste Drehbuchentwürfe für mögliche Episoden *VII*, *VIII* und *IX*. Eigentlich wäre ein baldiger Drehstart also bereits möglich gewesen. Der Mäusekonzern entschied sich allerdings, nichts von Lucas‘ Ideen für ihre Sequel-Trilogie zu verwenden und stattdessen eine eigene Geschichte zu entwickeln.

kurz & knapp

Donnie Yen spielte Chirrut Îmwe in *Rogue One*. Es war die Idee des Schauspielers, dass er blind sein sollte. Yen ließ sich dabei von dem blinden Masseur Zatōichi, eine beliebte Figur aus asiatischen Martial-Arts-Filmen, inspirieren.

Königin Padmé Amidala war die jüngste Königin von Naboo aller Zeiten. Bei ihrer Ernennung war sie gerade einmal 14 Jahre alt.

Die Droidekas sind eine Kampfdroidenreihe. Ihr besonderes Merkmal ist die Fähigkeit, sich zu einer Kugel zusammenzuziehen und sich rollend fortzubewegen. Das Aussehen entwickelte Designer Doug Chiang anhand von afrikanischen Skulpturen mit langen Oberkörpern und kurzen Beinen.

Luke-Skywalker-Darsteller Mark Hamill hat sich tatsächlich mal auf die Dunkle Seite der Macht begeben. In der Serie *The Clone Wars* spricht er Darth Bane, den ersten Sith-Lord.

kurz & knapp

In *Episode VI – Die Rückkehr der Jedi-Ritter* sehen wir den besonders großen Sternzerstörer, mit dem Darth Vader unterwegs ist. Das Schiff hat einen Namen, der zwar nicht im Film, aber in den Comics erwähnt wird. Vader taufte das Schiff auf den Namen „Exekutor“.

Ursprünglich sollte Han Solo ganz anders aussehen. In einem frühen Drehbuch wird der Schmuggler als ein grünhäutiges Alien ohne Nase, aber mit Kiemen beschrieben.

Vizeadmiral Holdo opfert sich, um die Verfolger des Widerstands aufzuhalten. Mit ihrem Schiff Raddus kollidiert sie gezielt beim Eintritt in den Hyperraum mit dem Sternzerstörer der Ersten Ordnung. Ihr zu Ehren wird dieser Angriff das „Holdo-Manöver“ genannt.

Eigentlich hätten wir schon vorhersehen können, wer Darth Vader sein muss. Sein Name setzt sich schließlich zusammen aus Variationen des Wortes „*Dark*“ (Dunkel) und dem niederländischen Wort „*Vader*“, was auf Deutsch einfach „Vater“ bedeutet.

Verschiedene Fassungen

Anfang des 21. Jahrhunderts erlebte das Kino einen Wandel. Die klassische analoge Abspieltechnik wurde nach und nach abgelöst von modernerer, digitaler Technik. Also weg von den Filmrollen, hin zu Festplatten als Speichermedien. Das brachte auf der einen Seite qualitative Abstriche beim Bild mit sich. Andererseits entstanden geringere Kosten für die Kinobetreiber, weil beispielsweise weniger Verschleiß an Filmrollen und Geräten anfiel. In dieser Zeit erschien *Episode II – Angriff der Klonkrieger.* Um beide Arten des Kinos bestücken zu können, wurde der Film für beide Systeme bereitgestellt. Die digitale Fassung ist um ein paar Sekunden länger, weil sie unter anderem Anakins künstliche Hand am Ende des Films in mehr Einstellungen zeigt.

Neue Heldin

Ahsoka Tano ist eine besondere Figur im Star-Wars-Universum. Einst Schülerin von Anakin Skywalker, konnte sie nach dessen Werden zu Darth Vader und der Order 66 entkommen. Nachdem sie für eine Tat beschuldigt wurde, die sie nicht begangen hatte, hat sie sich von den Jedi abgewandt. Sie verfolgt ihren eigenen Weg. Dennoch nutzt sie die Macht, um Unrecht in der Galaxis zu bekämpfen. Sie ist die erste weibliche Protagonistin, die eine gänzlich eigene Geschichte innerhalb des Star-Wars-Universums erhalten hat.

Wer hat sie getötet?

Shaak Ti ist Jedi-Meisterin und Mitglied des Hohen Rats. Während sie in der Serie *Star Wars – The Clone Wars* eine größere Rolle einnimmt, verschwindet der Charakter in der Prequel-Trilogie mehr im Hintergrund. Ungeklärt bleibt eine Frage bezüglich der rothäutigen Togruta: Wie kam sie ums Leben? George Lucas konnte sich anscheinend nicht entscheiden. Er drehte gleich zwei Szenen ihrer Ermordung für *Episode III*, letztendlich taucht aber keine der beiden Szenen im fertigen Film auf. Die erste Szene findet während der Befreiung von Kanzler Palpatine durch Obi-Wan und Anakin statt. Dabei geraten sie in eine Falle, weil sie die ebenfalls gefangen genommene Shaak Ti retten wollen. Sie werden von Droiden umstellt und Grievous durchbohrt Shaak Ti mit einem Lichtschwert. Die zweite Szene ereignet sich während der Order 66. Anakin Skywalker findet Shaak Ti im Tempel der Jedi, sie meditiert gerade in ihrer Unterkunft. Leider spürt sie nicht die Gefahr, die von Anakin ausgeht, weswegen er sie hinterhältig mit dem Lichtschwert ersticht. Mittlerweile gilt diese Version ihres Todes als anerkannt, taucht sie doch in abgewandelter Form ebenso in der Animationsserie auf. Es gibt sogar eine dritte Variante ihres Todes, obwohl diese nicht mehr zum Kanon gehört. Im Videospiel *Star Wars – The Force Unleashed* trefft ihr als Starkiller auf die Jedi, besiegt sie im Kampf, woraufhin sie sich selber durch einen Sturz in eine Grube mit der Macht vereint.

kurz & knapp

Obwohl James Earl Jones den Satz „Nein, ich bin dein Vater“ für Darth Vader eingesprochen hatte, ging er davon aus, dass es eine Lüge des Sith Lords war. Erst als er die Texte für *Episode VI – Die Rückkehr der Jedi-Ritter* vor sich liegen hatte, wusste er, dass es tatsächlich die Wahrheit war.

Das „Projekt Ernten“ war ein Plan vom Imperator, machtsensitive Kinder schon früh zu erkennen und zur Dunklen Seite der Macht zu führen. Er beauftragte die Inquisitoren damit, sie aufzuspüren und auf dem Planeten Arkanis gefangen zu halten.

Das Design der Droidenkontrollschiffe, die in *Episode I – Die dunkle Bedrohung* an der Blockade des Planeten Naboo beteiligt sind, ist inspiriert vom antiken Kriegshafen der Stadt Karthago in Nordafrika. Der ringförmige Aufbau diente dazu, die im Inneren des Hafens festgemachten Schiffe vor den Blicken von außen zu verbergen.

kurz & knapp

Qui-Gon Jinn gilt unter den Jedi als Sonderling. Nicht, weil sie ihn nicht respektieren, sondern weil er stets fest nach dem Willen der Lebendigen Macht handelt, was mitunter konträr zu den theoretischen Ansätzen der anderen Jedi steht. Er vertraut auf Instinkte, innere Gefühle und riskiert auch mal unkonventionelle Herangehensweisen.

Episode IV – Eine neue Hoffnung war der einzige Film der Reihe, der für einen Oscar in der Kategorie „Bester Film“ nominiert war. Er gewann allerdings nicht, 1978 ging diese Auszeichnung an *Der Stadtneurotiker.*

Das Design von Garazeb „Zeb“ Orrelios in der Serie *Star Wars Rebels* geht zurück auf den ersten Entwurf von Illustrator Ralph McQuarrie, den er 1975 für Chewbacca erdachte.

R2-D2 hatte an den Füßen kleine Schubdüsen, durch die er sogar fliegen konnte. Während der Klonkriege wurden diese aber beschädigt und nie wieder repariert.

Ist doof, mach neu

Anfang des neuen Jahrtausends kursierte rund um Hollywood und später auch durchs Internet eine DVD mit einer merkwürdigen Version von *Episode I – Die dunkle Bedrohung*. Ein Unbekannter hatte den Film neu geschnitten und einige ihm unliebsame Szenen komplett entfernt. So kam es zum sogenannten *Phantom Edit*. Jar Jar Binks verschwand dadurch beispielsweise komplett aus dem Streifen. Zuerst war Kevin Smith, der Macher von Filmen wie *Clerks* und *Chasing Amy* und ein großer Star-Wars-Fan, im Verdacht, den Schnitt gemacht zu haben. Er gab zwar zu, den Neuschnitt gesehen zu haben, verneinte aber, dafür verantwortlich zu sein. Später entpuppte sich der zu dem Zeitpunkt noch unbekannte Mike J. Nicholls als der Urheber. Er wollte eine „viel stärkere Version des Films" erschaffen. Lucasfilm verzieh ihm den Neuschnitt und sah von einer Anzeige ab.

Wie der Vater, so der Sohn

Temuera Morrison steckte bereits vor seiner Rolle als Boba Fett in *Das Buch von Boba Fett* in einer solchen Rüstung, allerdings in Blau und nicht in Braun-grün. In *Episode II – Angriff der Klonkrieger* spielte er Jango Fett, ebenfalls Kopfgeldjäger, nach dessen Genen die Klonarmee auf Kamino geschaffen wurde. Sein Sohn Boba ist auch ein Klon von ihm, weswegen es Sinn ergibt, dass dieser genau wie sein Vater aussieht.

Kein Bock auf Regeln

Vor der Fertigstellung von *Episode V* hatte George Lucas Streit mit den Gewerkschaften. Die Director's Guild of America (DGA) und die Writer's Guild of America (WGA) wollten ihn dazu zwingen, den Anfang des Films zu ändern. Normalerweise war es in Hollywood Standard, dass Regisseur und Drehbuchautor bereits im Vorspann genannt werden. Lucas entschied sich aber aus dramaturgischen Gründen dagegen, wollte den Film, wie bereits den Vorgänger, direkt mit dem Lauftext starten. Für den ersten Film hatte er auch die Erlaubnis dazu bekommen, weil DGA und WGA nicht von einem Erfolg des Streifens ausgingen. Jetzt aber weigerten sie sich und drohten mit finanziellen Strafen. Lucas bezahlte das Bußgeld von ungefähr 250.000 US-Dollar aus eigener Tasche und trat direkt nach Veröffentlichung des Films aus den Gewerkschaften aus.

Sprachlicher Gastauftritt

In *Episode VII* sehen wir nachts auf Jakku ein rotäugiges Alien, das etwas zuerst Unverständliches brabbelt. Hierbei handelt es sich um einen Nachtwächterwurm, der sich von Schrott ernährt. Was er sagt, ist interessant. Er spricht die Laute: „Ko ji ma". Eindeutig eine Referenz an den Videospieleentwickler Hideo Kojima, bekannt vor allem für die Metal-Gear-Reihe. Noch deutlicher wird der Bezug beim Blick in die Star-Wars-Datenbank. Die Sprache der Nachtwächterwürmer nennt sich nämlich Hideo.

Für den ikonischen Lauftext am Anfang einer jeden Episode ließ sich George Lucas von seinen Kindheitserinnerungen inspirieren. Er geht zurück auf die TV-Serien *Buck Rogers* und *Flash Gordon*, deren Folgen ebenfalls mit animierten Texten beginnen.

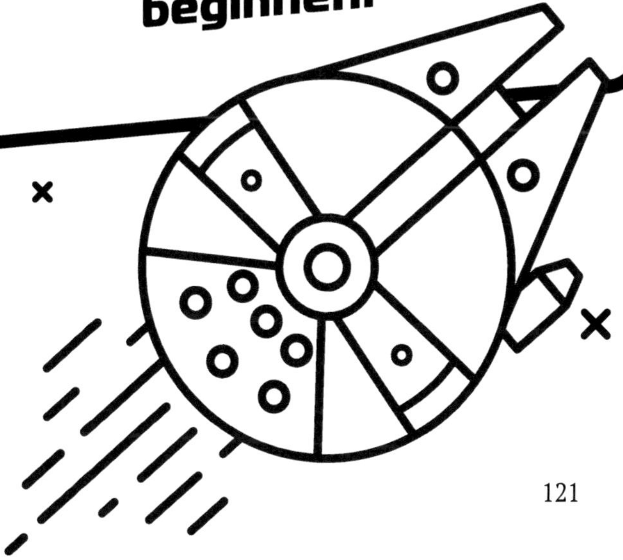

Auf Zuwachs genäht

In den letzten Bildern von *Episode III – Die Rache der Sith* sehen wir, wie Darth Vader seine ikonische Rüstung angelegt bekommt, wie er aufsteht und die ersten Schritte macht, ehe er schmerzerfüllt über den Tod seiner geliebten Padmé zusammenbricht. In dem Kostüm steckte Hayden Christensen. Eigentlich wollte George Lucas, dass jemand Größeres in Vaders Rüstung steigt. David Prowse, der in der Original-Trilogie die Figur mimte, war knapp zwei Meter groß. Christensen ist 15 Zentimeter kleiner und hatte längst nicht so eine imposante Statur wie der ehemalige Bodybuilder. Aber Christensen „flehte und bettelte" George Lucas an und schlussendlich durfte er doch in die Rüstung klettern. Dafür musste er allerdings hohe Schuhabsätze und einen Anzug mit künstlichen Muskeln anziehen. Außerdem musste er durch das Mundstück des dunklen Lords gucken, die Augen des Helms waren für ihn eine Nummer zu hoch.

Da wohnt der dunkle Lord

Darth Vader besitzt ein eigenes Schloss als Zuhause. Es befindet sich auf dem Planeten Mustafar, dem Ort, an dem er als Anakin Skywalker im Kampf gegen Obi-Wan in die Lava fällt. Das Schloss liegt direkt über einer alten Sith-Höhle, ein Ort voll bösartiger Energie. Nach Vaders Tod wurde das Schloss zu einer Pilgerstätte für Kultisten und Anhänger der Lehren der Dunklen Seite der Macht.

Weiblicher Millennium Falke

In *Solo – A Star Wars Story* lernen wir L3-37 kennen. Der weibliche Droide besteht aus Teilen eines Astromech-Droiden und eines Protokolldroiden. Auffällig ist ihr vehementes Eintreten für die Rechte von Droiden und ihr mitunter loses Mundwerk voller Schimpfworte und Beleidigungen. Als Navigatorin reist sie mit Lando Calrissian im Millennium Falken durch die Galaxis. Nach ihrer Zerstörung wird ihr Bewusstsein und ihr Navigationscomputer in das System des Falken übertragen, sie wird also Teil des Schiffs. So gesehen war L3-37 an allen Abenteuern von Han, Luke und sogar Rey dabei. Besonders lustig erscheint dadurch auch eine Szene in *Episode V – Das Imperium schlägt zurück,* in der C-3PO mit dem Falken kommuniziert und in der Folge den außergewöhnlichen Dialekt des Schiffs anmerkt.

Völlig schwerelos

Ein Lichtschwert war wirklich im Weltall. Anlässlich des 30. Geburtstags von *Star Wars* wurde die Waffe, die Luke Skywalker in *Episode VI – Die Rückkehr der Jedi-Ritter* geschwungen und mit der er ein letztes Mal gegen Darth Vader gekämpft hatte, mit auf eine Raumfahrt-Mission genommen. An Bord der Discovery flog es im Oktober 2007 im Rahmen der Mission STS-120 einmal zur internationalen Raumstation ISS und zurück. Bereits im August übergab Chewbacca die Klinge im Nasa Raumfahrtzentrum in Houston, Texas, den Offiziellen.

Es ist zu unserem Besten

Figurenhersteller Kenner brachte bereits ein Jahr vor Kinostart von *Episode V – Das Imperium schlägt zurück* die passenden Charaktere aus Plastik auf den Markt. Die erste Actionfigur von Boba Fett erschien im Sommer 1979. Ursprünglich war geplant, dass der Kopfgeldjäger die Rakete aus seinem Rucksack mithilfe einer Sprungfeder abfeuern konnte. Die Idee wurde aber verworfen, weil es bei Spielwarenkonkurrent Mattel zu einem Unfall kam. Ein Kind verschluckte eine abnehmbare Rakete eines Kampfstern-Galactica-Spielzeugs und erstickte daran. Infolgedessen erschien Fett aus Sicherheitsgründen ohne Explosivgeschoss. Dafür lag ein Zettel bei, auf dem stand, dass Kunden die Figur gegen eine andere ihrer Wahl umtauschen konnten, sollte ihnen die Figur nun nicht mehr gefallen.

Die kenn' ich doch

Um sich vor möglichen Attentaten zu schützen, wird Königin Amidala in *Episode I* von einer Reihe von Bodyguards beschützt und von Doppelgängerinnen imitiert. Eine von ihnen ist Sabé, die unter anderem zu Beginn die Verhandlungen mit Rugor Nass, dem Anführer der Gungans, führt, ehe sich Padmé zu erkennen gibt. Hinter der Figur steckt die Schauspielerin Keira Knightley, die hauptsächlich aus *Tatsächlich... Liebe* und den Fluch-der-Karibik-Filmen bekannt ist.

kurz & knapp

Um den schweren Mantel von Boss Nass, dem Anführer der Gungans in *Episode I – Die dunkle Bedrohung* richtig animieren zu können, entwickelten die kreativen Köpfe von Industrial Light and Magic einen speziellen Stoffsimulator.

Der Roman zu *Episode IV – Eine neue Hoffnung* ist älter als der Film selbst. Autor Alan Dean Foster schrieb *Star Wars – From the Adventures of Luke Skywalker*, basierend auf dem Originaldrehbuch von George Lucas. Er wurde am 12. November 1976 veröffentlicht, knapp ein halbes Jahr, bevor der Film seine Kinopremiere feierte.

Die Küstenstadt Canto Bight auf dem Planeten Cantonica ist mit ihren Casinos und Glücksspielmöglichkeiten stark inspiriert von Monte-Carlo. Für das Design wurden auch alte Entwürfe für Jabbas Palast verwendet.

Wahre Größe kommt von innen. Jedi-Großmeister Yoda ist gerade einmal 66 Zentimeter groß.

kurz & knapp

Bevor er die Rolle des Klienten in *The Mandalorian* übernahm, hatte Werner Herzog nach eigenen Aussagen noch nie einen Star-Wars-Film gesehen. Dennoch lobte die deutsche Regielegende die Serie als „Kino wie zu seiner besten Zeit“.

Die Bauarbeiten am ersten Todesstern fanden im Orbit des Planeten Despayre statt. Hierhin pflegte das Imperium verurteilte Straftäter zu verbannen, weswegen der Planet auch als „Gefängnis-Planet“ bezeichnet wurde. Nach der Fertigstellung der Raumstation war Despayre der erste Planet, der dem neuen Superlaser zum Opfer fiel.

Die Pykes sind ein Verbrecher-Syndikat vom Planeten Oba Diah. Ihre größte Einnahmequelle ist der Abbau und der illegale Handel von Gewürzen, die Drogen der Galaxis. Ihren ersten Auftritt hatten sie in *The Clone Wars,* später schlug sich auch Boba Fett in seiner Serie mit ihnen herum.

Ach, das ist da drin

In *Episode V – Das Imperium schlägt zurück* ruft Lando Calrissian die Bewohner der Wolkenstadt auf Bespin zur Flucht vor dem Imperium auf. Es kommt zu tumultartigen Szenen, in denen wir mehrere Bewohner wild umherlaufen sehen. Einer fällt dabei besonders auf, trägt er doch einen komischen Behälter unter dem Arm. Er sieht aus wie eine Eismaschine. Tatsächlich war es sogar eine, die die Requisitenabteilung des Films hier benutzte. Wie wir knapp 40 Jahre später in der Serie *The Mandalorian* erfahren, heißen diese Behälter Camtono und wahrscheinlich transportierte der Mann – er hieß übrigens Willrow Hood – darin kein Eis, sondern etwas viel Wertvolleres. In der dritten Folge der Serie übergibt der namenlose Klient einen solchen Camtono gefüllt mit Beskar als Bezahlung an den Mandalorianer. Mit dem Material lässt er seine Rüstung verstärken.

Preisträger ich bin

Für sein Duell mit Count Dooku in *Episode II* gewann Yoda einen Preis. Bei den MTV Movie Awards 2003 wurde er in der Kategorie „Bester Kampf" ausgezeichnet. Ein sichtlich gerührter Jedi-Großmeister kam auf die Bühne, nahm den Preis entgegen und bedankte sich bei seinen Unterstützern und bei seinen Freunden, darunter Christopher Lee, George Lucas, R2-D2 und Vin Diesel. Natürlich war dieser Yoda eine reine Computeranimation.

Geschnittene Senatorin

Mon Mothma ist die Anführerin der Rebellenallianz während des Angriffs auf den ersten Todesstern in *Episode IV – Eine neue Hoffnung*. Wie wichtig sie gerade in den Anfängen für die Rebellion ist, könnt ihr in der Serie *Andor* erleben. Ihr politisches Bestreben und ihren bereits frühen Verdacht darüber, dass etwas mit Kanzler Palpatine nicht stimmt, wurde leider aus der finalen Fassung von *Episode III – Die Rache der Sith* herausgeschnitten. Schade, sonst hätten wir dabei sein können, wie sie gemeinsam mit Bail Organa die sogenannte „Delegation der Zweitausend" gründet, aus der die Rebellion hervorgeht.

Rollender Sith

Wenn ihr mit Skateboardfahren vertraut seid, kennt ihr bestimmt auch den Namen Tony Hawk. Er gilt wohl als der bekannteste Rollbrettprofi der Geschichte und ist verantwortlich für den großen Boom, den der Sport in den 1980er- und 90er-Jahren erfuhr. Neben zahlreicher eigener Firmen lieh der „Birdman" sein Gesicht der Firma Activision, die unter dem Titel *Tony Hawk's Pro Skater* eine Reihe von Videospielen veröffentlichte. Im dritten Teil der Spielereihe könnt ihr eine besondere Belohnung freischalten. Wenn ihr im Karrieremodus alle 54 Ziele erfüllt und die Goldmedaille in jedem Wettbewerb holt, schaltet ihr Darth Maul als neuen spielbaren Skater frei.

Liebe auf den zweiten Blick

Bevor Ray Park die Rolle des Darth Maul in *Episode I – Die dunkle Bedrohung* bekam, war ein anderer Schauspieler heißer Kandidat. Sein Name lautet Benicio del Toro. Den Mann kennt ihr beispielsweise durch seine Darstellung des Collectors in Marvels *Guardians of the Galaxy* oder *Avengers – Infinity War.* Er trat allerdings von der Rolle als fieser Zabrak zurück, weil große Teile seines Textes von George Lucas gestrichen wurden. Trotzdem blieb er dem Universum erhalten, in *Episode VIII – Die letzten Jedi* ist er als der Hacker und Betrüger DJ zu sehen.

Schweine im Weltall

Zwischen *Star Wars* und den Figuren aus der *Muppet Show* und der *Sesamstraße* existiert eine tiefe Verbindung. Oftmals waren Charaktere aus der Sternensaga in den Kinderprogrammen als Gäste zu sehen. So sang beispielsweise Bibo gemeinsam mit C-3PO und R2-D2 in der *Sesamstraße* ein nettes Lied. In der *Muppet Show* gab es unregelmäßig Sketche namens *Schweine im Weltall*, die eine Parodie auf *Star Wars* waren und in denen sogar auch mal der echte Mark Hamill und Chewbacca auftraten. In der Zeichentrickserie *Muppet Babies* gab es regelmäßig Filmausschnitte aus der Original-Trilogie zu sehen, die in die Geschichte um Baby Kermit und Co eingearbeitet waren.

Bitte die Lehnen in eine aufrechte Position

Die Besucher von Disney-Themenparks in den USA konnten ab 1987 ein eigenes Star-Wars-Abenteuer erleben. Star Tours war ein Fahrgeschäft, welches auf der Original-Trilogie basierte. Ihr nahmt in einem Flugsimulator Platz und bekamt einen interaktiven Film zu sehen. So flogt ihr als Raumfahrttouristen gemeinsam mit eurem Piloten, ein Droide namens RX-24, genannt Rex, nach Endor. Dort angekommen, fandet ihr euch plötzlich inmitten einer Auseinandersetzung zwischen der Neuen Republik und den Resten des Imperiums wieder. Das Besondere an dem Simulator war die Gesamtaufmachung. Bereits im Eingangsbereich gab es sehr viele Bilder und Gegenstände aus dem Star-Wars-Universum zu sehen. C-3PO und R2-D2 standen dort ebenfalls herum. Der letzte Flug nach Endor startete im August 2010, danach ersetzte Disney die Attraktion durch eine modernere Star Tour, die mittlerweile verschiedene Planeten mit Bezug zu allen neun Hauptfilmen anfliegt.

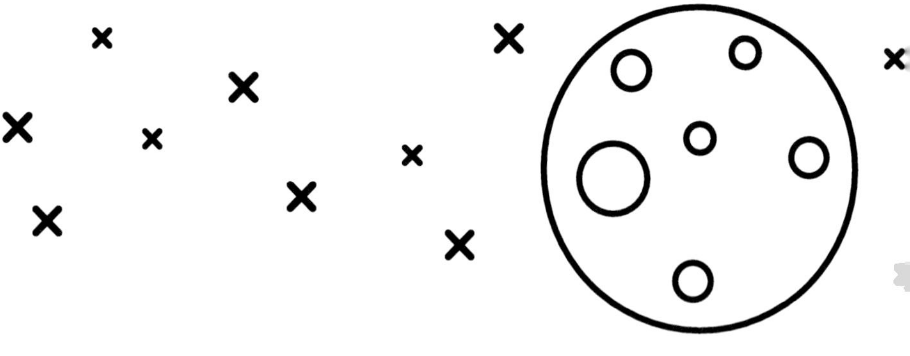

Keine Erlaubnis eingeholt

Die Erschaffung der Klonarmee wurde von Jedi-Meister Sifo-Dyas in Auftrag gegeben. Dabei hatte er keine Rücksprache mit dem Hohen Rat der Jedi gehalten, sondern handelte in Eigenregie. Über seine Beweggründe ist nichts bekannt, vermutlich spürte er eine Bedrohung durch die Droidenarmee der Handelsföderation. Gut möglich, dass ihm dabei sein alter Jugendfreund Count Dooku zusätzlich etwas ins Ohr geflüstert hat. Schließlich wurde aus ihm der Sith-Lord Darth Tyranus. In der Folge verschwand Sifo-Dyas. Ein Suchtrupp fand später heraus, dass er von Mitgliedern des Pyke-Syndikats auf Geheiß von Darth Tyranus ermordet wurde.

Bye Bye Bye

Um ein Haar hätten wir ein paar Jungs aus der Boyband N'Sync in *Star Wars* gesehen. Für die Jüngeren unter euch: Das ist die ehemalige Band rund um den Sänger Justin Timberlake. George Lucas' Tochter war ein großer Fan und als liebevoller Vater wollte er ihr gerne eine Freude machen. Tatsächlich wurden vier der Bandmitglieder (ohne Justin) verkleidet als Jedi lichtschwertschwingend im Kampf um Geonosis in *Episode II – Angriff der Klonkrieger* aufgenommen. Da sie aber Mitglieder einer Künstlergewerkschaft waren und die Filmmacher extra für sie Lizenzgelder hätten zahlen müssen, wurden sie aus der Szene wieder herausgeschnitten.

Titelverteidigung

Die Goldene Himbeere ist das genaue Gegenteil vom Academy-Award, den wir auch als Oscar kennen. Mit dem Preis werden besonders schlechte Leistungen im Film ausgezeichnet. Hayden Christensen wurde eine ganz „besondere" Ehre zuteil. Für seine schauspielerische Leistung als Anakin Skywalker in *Episode II – Angriff der Klonkrieger* erhielt er den „Razzie" als „schlechtester Nebendarsteller". Mit der folgenden *Episode III* konnte er den Titel sogar verteidigen. Er ist allerdings nicht der Einzige aus dem Star-Wars-Universum, der eine Goldene Himbeere bekam. Für *Episode II* wurde George Lucas für das „schlechteste Drehbuch" ausgezeichnet. Ahmed Best gewann für seine Darstellung von Jar Jar Binks in *Episode I – Die dunkle Bedrohung* ebenfalls den Preis als „schlechtester Nebendarsteller".

Hier ist das Erste Deutsche Fernsehen mit *Star Wars*

Als der erste Trailer für *Episode I – Die dunkle Bedrohung* ins Fernsehen kam, war das öffentliche Interesse nach fast 16 Jahren ohne Sternensaga so groß, dass sogar die Nachrichten davon berichteten. Sie bekamen allerdings die Auflage, dass sie nur dann Bilder zeigen durften, wenn sie den Trailer in voller Länge zeigen würden – was sie auch taten. So lief in vielen Ländern die über zwei Minuten lange Vorschau komplett als Nachrichtenblock in der Sendung.

Für das summende Geräusch eines Lichtschwerts wurde der Ton eines kaputten Röhrenmonitors mit dem eines alten Filmprojektors gemischt. Dazu kommt noch der Klang vom elektrischen Knistern einer Hochspannungsleitung.

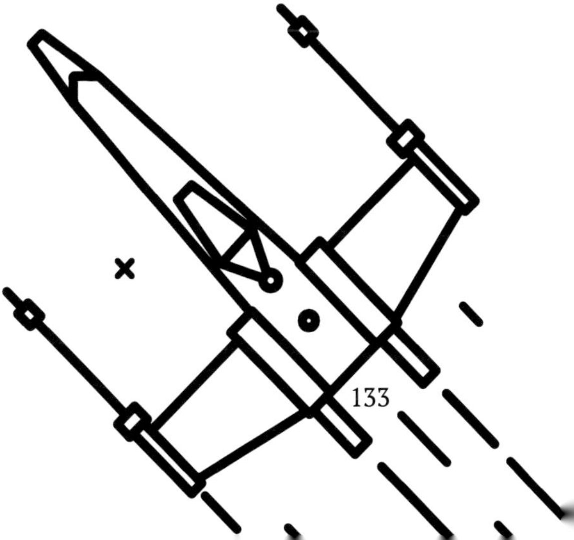

Ein Kessel voller Parsecs

„Das Schiff machte den Kossal-Flug in weniger als 12 Parsec". Han Solo ist sichtlich stolz, als er den Millennium Falken in *Episode IV* beschreibt. Aber was genau bedeutet das? Zunächst einmal, der korrekte Name lautet „Kessel-Flug", bei „Kossal" handelte es sich um einen Übersetzungsfehler. Gemeint ist die Flugroute zum Planeten Kessel. Normalerweise führt die Route über die Länge von 20 Parsec vorbei an einem Sternhaufen und einem interstellaren Mahlstrom, den ein gigantisches Gravitationsfeld umgibt. Außerdem lebt dort ein riesiger Summa-Verminoth, der ganze Schiffe mit seinen Tentakeln abfangen kann. Ein Abweichen vom Kurs ist also höchst riskant. Han Solo gelang es dennoch, die Strecke auf 12 Parsec abzukürzen, indem er geschickt und wagemutig (und auch ein bisschen lebensmüde) zwischen dem Sternhaufen hindurchflog und die Gravitation des Mahlstroms als zusätzliche Beschleunigung nutzte, während er gleichzeitig den Tentakeln des Monsters auswich. Sehen könnt ihr den Flug in *Solo – A Star Wars Story*. Auf diese Leistung kann Han mit Recht stolz sein. Übrigens, Parsec ist die Abkürzung für den Begriff „Parallaxensekunde", ein Parsec entspricht der Strecke von ungefähr 3,26 Lichtjahren oder 30,9 Billionen Kilometern.

kurz & knapp

Ein Originalmodell eines TIE-Fighters, welches in der Schlacht um den ersten Todesstern zum Einsatz kam, wurde 2008 auf einer Auktion versteigert. Es erzielte einen Preis von 350.000 US-Dollar.

Die offizielle Währung in der Galaxis nennt sich Kredit, beziehungsweise Credits. Zuerst waren es Republikanische, später Imperiale Kredit. Allerdings erkennen nicht alle Welten die Währung an, vor allem im Äußeren Rand ist sie nichts wert.

Kylo Ren ist kein Sith, auch wenn er es gerne wäre. Ganz offiziell ist er ein Dunkler Jedi, ein Ritter von Ren, der Befehle vom Obersten Anführer Snoke erhält, der zwar machtsensitiv, aber auch kein Sith ist.

Peter Cushing, der Großmoff-Tarkin-Darsteller, empfand die Stiefel seines Kostüms als sehr unbequem. Deswegen trug er sie nur in Szenen, in denen seine Füße zu sehen sein würden. In den anderen Einstellungen steckten seine Füße in seinen bequemen Hausschuhen.

kurz & knapp

Luke und Leia sind 17 Jahre alt, als sie sich in *Episode IV – Eine neue Hoffnung* das erste Mal treffen. Zuvor wurden die Zwillinge bei der Machtergreifung des Imperiums voneinander getrennt und wuchsen in verschiedenen Sternensystemen auf.

In *Episode IX – Der Aufstieg Skywalkers* sehen wir einen Rückblick, wie Luke seine Schwester Leia in der Macht unterrichtet. Für die Szene stand Carrie Fishers Tochter Billie Lourd als Double für die jüngere Version ihrer Mutter vor der Kamera.

Der Mandalorianer Din Djarin tritt in der Serie *Das Buch von Boba Fett* auf und kämpft an der Seite des Kopfgeldjägers. Auch wenn wir seine Stimme hören, der eigentliche Schauspieler Pedro Pascal steckte jedoch in keiner Szene unter dem Beskar-Helm. Seine Szenen, für die jemand anderes in die Rüstung stieg, vertonte er nachträglich.

Nicht daraus trinken

Die Vermarktung von *Star Wars* nahm mitunter skurrile Züge an. Das lag auch daran, dass Gary Kurtz, Produzent von *Episode IV* und *V*, einen wirklich einzigartigen Geschmack und einen speziellen Sinn für Humor hatte. So ließ er etwa als Fanartikel für *Episode IV – Eine neue Hoffnung* Zinnbecher anfertigen. Darauf zu sehen war der Titel des Films, die beiden Droiden C-3PO und R2-D2, wobei der Erstgenannte nur ganz kurze Beine hatte, und darunter der Satz *„Filmed on Earth 1976“* (1976 auf der Erde gefilmt). Eine Serienproduktion blieb dem Becher leider verwehrt.

Ausgezeichnet

Insgesamt haben alle Star-Wars-Filme zusammen zehnmal die begehrteste Trophäe im Filmgeschäft, den Oscar, erhalten. Allein sieben Auszeichnungen räumte 1978 *Episode IV – Eine neue Hoffnung* ab, hauptsächlich in den technischen Kategorien wie „Beste visuelle Effekte“ und „Bester Ton“. John Williams wurde für die beste Filmmusik mit dem Preis geehrt. *Episode V* freute sich über zwei Oscars und *Episode VI* erhielt für seine visuellen Effekte einen Sonderpreis. Die übrigen Filme nach der Original-Trilogie wurden zwar noch für einzelne Kategorien nominiert, gingen aber regelmäßig leer aus.

Die 40-Millionen-Wette

Während einer Drehpause von *Episode IV – Eine neue Hoffnung* besuchte Lucas seinen Kumpel Steven Spielberg an dessen Set. Spielberg drehte gerade *Unheimliche Begegnungen der dritten Art.* Lucas, der ohnehin nicht so recht an sein eigenes Projekt glaubte, war völlig überwältigt von dem, was ihm hier geboten wurde. Er meinte, dass dieser Film den seinigen an den Kinokassen um Längen schlagen würde. Spielberg sah das ganz anders, in der Folge einigten sich die beiden auf eine Wette. Jeder sollte 2,5 Prozent des Gewinns vom anderen für den jeweiligen Film erhalten. Mal sehen, wer mehr Kohle mit dem Erfolg des anderen machen würde. Heute können wir sagen, dass Spielberg eindeutig der Gewinner ist. Allein durch seine kleine Beteiligung an *Episode IV* hat er bis heute ungefähr 40 Millionen US-Dollar eingenommen.

Digital genial

George Lucas ist ein Mensch, der immer vorwärts denkt und ein großes Interesse an neuen technischen Erfindungen hat, am liebsten setzt er direkt selbst neue Maßstäbe. So war er absolut begeistert von den Möglichkeiten und den daraus entstehenden Vorteilen, welche das digitale gegenüber dem klassischen analogen Filmedrehen hatte. Er trieb die Entwicklung stetig voran, in logischer Konsequenz wurde *Episode II* der erste vollständig digital gedrehte Kinofilm der Geschichte.

Weltraummafia

Bereits vor der Zeit des Imperiums und auch danach gibt es andere, höchst kriminelle Vereinigungen in der Galaxis, denen man besser aus dem Weg geht: den Verbrecher-Syndikaten. Sie haben alle sehr klangvolle Namen: Crimson Dawn, Pyke, Crymorah, Schwarze Sonne, die Hutts. Sie teilen die kriminellen Machenschaften in der Galaxis, wie Schmuggel, Waffenschieberei, Drogen, illegale Sklavenhaltung und so weiter, nach Regionen untereinander auf. Sie sind miteinander verfeindet und konkurrierten regelmäßig um die Hoheitsgebiete.

Was wollen die alle?

Der 25. Mai 1977 war ein ruhiger Tag für George Lucas, den er abends mit seiner damaligen Frau Marcia entspannt beim Dinner ausklingen lassen wollte. Gemeinsam aßen sie im Hamburger Hamlet, einer Burgerkette in Los Angeles, direkt am Hollywood Boulevard, zu Abend. Irgendwann blickte Lucas über den Rand seines Cheeseburgers durch das Fenster auf die andere Straßenseite, direkt auf das bekannte Kino Chinese Theatre. Er wunderte sich, was die vielen Menschen da wollten, die alle in einer Schlange um den Block standen. Er dachte sich, da müsse wohl ein Film Premiere feiern. Als er nach draußen trat und die Filmplakate sah, staunte er nicht schlecht. Sein *Star Wars* war der Film, der heute anlief. Er hatte den Termin ganz vergessen.

Steinige Partnerschaft

Im April 1999 erwarb Lego die Lizenz für Star-Wars-Produkte. Als erstes Modell brachte der dänische Klötzchenhersteller einen X-Wing heraus. Es war der Beginn einer langen und erfolgreichen Partnerschaft, die bis heute anhält. Seien wir mal ehrlich, eigentlich ist es unmöglich, in einen Spielzeugladen zu gehen und nicht auf einen Todesstern, einen Millennium Falken oder einen klitzekleinen Kylo Ren aus dieser weit, weit entfernten Bausteingalaxis zu stoßen. Es war die erste Lizenz zu einer Filmreihe, die Lego erworben hatte. Nach dem gigantischen Erfolg besorgten sich die Dänen einige weitere Rechte an bekannten Marken, beispielsweise *Harry Potter* oder *Marvel*.

Elf Jedi sollt ihr sein

In einigen Ländern verzögerte sich der Kinostart von *Episode II – Angriff der Klonkrieger*. Grund war die im Juni 2002 startende Fifa Fußballweltmeisterschaft in Japan und Südkorea. Die Produzenten nahmen es mit Humor und brachten vor Ort ganz spezielle Werbeplakate für den kommenden Film heraus. Auf ihnen prangten neben Charakteren des Films einige fußballerische Anspielungen. Yoda wurde beispielsweise, in Anlehnung zu der brasilianischen Nationalmannschaft, zu „Yodinho". Unter einem Bild von Mace Windu fand sich der Text „Unser Torwart nutzt die Macht".

kurz & knapp

Die meisten Sturmtruppler in *Episode IV – Eine neue Hoffnung* sind Linkshänder. Das liegt an ihrem Blaster, der so gebaut ist, dass das Magazin auf der linken Seite absteht. Würden sie die Waffe in der rechten Hand halten, würde das Magazin immer gegen ihre Rüstung drücken. Vielleicht ist das ja der Grund, warum sie als so schlechte Schützen gelten.

Der Begriff „Padawan“ für einen Jedi-Schüler wird erstmals in *Episode I – Die dunkle Bedrohung* genutzt. Zuvor wurde ein Jedi in Ausbildung schlicht als Schüler bezeichnet. George Lucas hatte den Begriff allerdings bereits in den ersten Drehbuchentwürfen für *Episode IV – Eine neue Hoffnung* genutzt, damals noch als „Padawaan“ geschrieben.

Die ersten Kinokarten für die Premiere von *Episode IV – Eine neue Hoffnung* kosteten im Chinese Theatre knapp vier US-Dollar. Heute entspricht dies ungefähr zwanzig US-Dollar.

kurz & knapp

Falls euch der Phase Pulse Blaster des Mandalorianers bekannt vorkommt, habt ihr womöglich mal einen Blick auf das *Star Wars Holiday Special* geworfen. Der darin enthaltene Kurzfilm *Die Geschichte vom treuen Wookiee* zeigte Boba Fett mit einer sehr ähnlichen Waffe.

Landonis Balthazar Calrissian III., kurz Lando genannt, hat eine große Schwäche für Mode. Besonders Umhänge haben es dem Schmuggler und Falschspieler angetan. Einst hatte er im Millennium Falken einen eigenen Kleiderschrank dafür, in der Wolkenstadt hat er sich gleich ein ganzes Zimmer für seine Capes einrichten lassen.

George Lucas beschwerte Helm und Rüstung des Darth Vader-Kostüms in *Episode III – Die Rache der Sith*. Er wollte, dass Hayden Christensen von dem Gewicht überrascht war und sich unbeholfen darin bewegte.

Anthony Daniels verkörperte in allen neun Episoden den Droiden C-3PO.
Er ist der einzige Schauspieler, der an allen Episoden beteiligt war.

Farbenspiele

Spielwarenhersteller Hasbro hatte intern eine kleine Meinungsverschiedenheit. Im Jahr 2003 produzierte man eine Reihe von neuen Actionfiguren aus der Original-Trilogie. Darunter auch einen Han Solo in seinem Winteroutfit, wie er es auf dem Planeten Hoth in *Episode V* trägt. Und genau hier entbrannte der Streit. Aufgrund widersprüchlicher Referenzfotos, die für das Design vorlagen, hatte der Schmuggler einmal einen blauen, einmal wiederum einen braunen Mantel an. Aber welcher stimmte denn nun? Hasbro ließ die Fans entscheiden und brachte einfach beide Versionen heraus. Der Mantel ist übrigens braun, erscheint allerdings in einigen Einstellungen und Belichtungen bläulich.

Nicht zu tief reinstecken

Die kreativen Köpfe von Industrial Light and Magic standen vor der Herausforderung, für das Podrennen in *Episode I – Die dunkle Bedrohung* ein ganzes Stadion mit Zuschauern zu animieren. Dafür ersannen sie sich eine völlig neue und sehr originelle Art der Tricktechnik. Sie nahmen tausende Wattestäbchen und färbten sie bunt ein. Dann steckten sie diese in eine Miniatur der Arena von Mos Espa. Um sie zu bewegen, benutzten sie den warmen Wind aus Haarföhnen. Fertig war die jubelnde Menge. Selbstverständlich wurde der Effekt in den Neuveröffentlichungen des Films durch Computertricks noch einmal überarbeitet.

Vom Besten gelernt

Um sich perfekt auf seine Rolle als Obi-Wan Kenobi vorbereiten zu können, ließ Ewan McGregor einen kurzen Film erstellen, der aus allen Szenen von Alec Guinness aus der Original-Trilogie bestand. Immer wieder studierte McGregor das Spiel von Guinness, trainierte seine Mimik, Gestik und den Akzent, mit dem er sprach, um den Jedi-Meister genau so darstellen zu können, wie es einst sein Vorgänger tat. Bei den Fans und den Kritikern kam McGregors Leistung sehr gut an.

Ein Sound zum Fürchten

Eines der wichtigsten und einprägsamsten Geräusche in *Star Wars* ist unbestritten das eines vorbeifliegenden TIE-Fighters. Das charakteristische Heulen erschuf Sounddesigner Ben Burtt. Er nahm das Getöne von Elefanten, welches er auf der Tonspur des Films *Die Wurzeln des Himmels* fand, und verlangsamte es. Dazu mischte er das Geräusch von Autos, die auf regennasser Straße durch Pfützen fahren – fertig war der ikonische Klang. Dass die TIE-Fighter überhaupt so heulen, entlieh sich Burtt in der dunklen Geschichte des Zweiten Weltkriegs. Die deutschen Kampfflugzeuge Junkers Ju 87, auch bekannt als Stukas, waren mit einer heulenden Sirene ausgestattet, die die Bevölkerung in Angst und Schrecken versetzte.

Großer Pelz wird klein

In den ersten Drehbüchern von *Episode VI – Die Rückkehr der Jedi-Ritter* sollte der zweite Todesstern im Orbit des Planeten Kashyyyk gebaut werden, der Heimat der Wookiees. Die pelzigen Bewohner, zu denen auch Chewbacca gehört, dienten dem Imperium als Sklaven. Im Finale des Films würden sie an der Seite der Rebellen in die Schlacht ziehen. Die Wookiees sollten als eine primitive Rasse dargestellt werden, die mit Ausrüstung wie aus der Steinzeit arbeitet und kämpft. Nun kannte man Chewbacca, den technisch sehr bewanderten Co-Piloten des Millennium Falken, der auf jeden Fall weiß, wie man mit Schraubenschlüssel und Blaster umgeht aber schon seit zwei Filmen. George Lucas verwarf die Idee, weil er befürchtete, die Zuschauer mit diesem Gegensatz zu verwirren. Stattdessen erschuf er die Ewoks, die mit Speeren und Steinschleudern ihren Beitrag zur Rebellion leisten konnten.

Zahlenspiele

Prinzessin Leia wird in *Episode IV* vom Imperium gefangen genommen. Um sie zu befreien, verkleiden sich Luke und Han als Sturmtruppler, die angeblich den Wookiee Chewbacca transportieren. Auf dem Weg zu Leias Zelle sagt Han zu einem imperialen Offizier, es handele sich hierbei um einen Gefangenentransport von Zellenblock 1138. Diese Zahl ist eng mit George Lucas verbunden, sein erster Spielfilm hatte den Titel *THX 1138*.

Den kenn' ich irgendwoher

Der Attentatsdroide IG-11 ist anfangs noch ein Widersacher von Din Djarin aus *The Mandalorian* auf der Suche nach dem Kind, welches sich als Baby Yoda entpuppt. Im Laufe der Serie wird er ein Verbündeter von dem Mandalorianer. Das Charakterdesign für den Droiden tauchte bereits 1980 in *Episode V – Das Imperium schlägt zurück* auf. Ein beinahe baugleiches Modell namens IG-88 gehört zu der Riege an Kopfgeldjägern, die von Darth Vader mit der Jagd nach den Rebellen beauftragt werden. Der größte Unterschied zwischen den beiden Modellen ist allerdings, dass IG-88 nicht laufen konnte, seine Beine waren fest mit dem Boden verschraubt, damit er in der Szene nicht umfiel.

Garstiger Roboter

In *Episode VIII* können wir auf Snokes Superraumschiff „Supremacy" einen Astromech-Droiden sehen, der ähnlich ausschaut wie BB-8, mit einem kugeligen Aufbau. Sein Name ist BB-9E. Im Gegensatz zum sympathischen Kugelflitzer des Widerstands, ist er allerdings in Schwarz gehalten und sein Kopf besitzt ein diabolisch rot leuchtendes Auge. Während der Dreharbeiten hatte der Droide einen interessanten Spitznamen von der Filmcrew bekommen. In Anlehnung an seine Zugehörigkeit zur Ersten Ordnung nannten sie ihn „BB-H8", ausgesprochen „BB-*Hate*", also „Hass" im Englischen.

Im Film *Indiana Jones und der Tempel des Todes*, der ebenfalls von George Lucas geschrieben und unter der Regie von seinem Freund Steven Spielberg entstand, heißt der Nachtclub in Shanghai „Club Obi Wan".

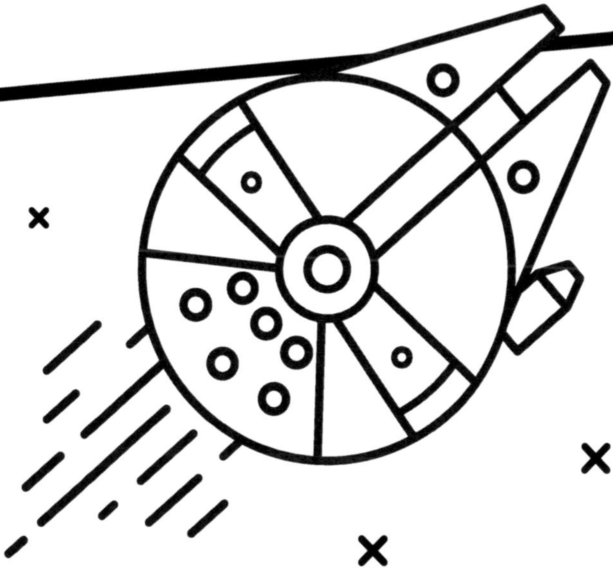

Häh?!

Dass in so einer großen Galaxis nicht immer alles genau erklärt werden kann, sollte jedem klar sein. Teilweise verstehen ja selbst die Schöpfer des Universums ihre eigene Kreation nicht. Eines der größten Logiklöcher der ganzen Saga hat sich George Lucas selbst geschaffen. In *Episode VI – Die Rückkehr der Jedi-Ritter* unterhalten sich Luke und Leia über ihre Mütter. Während Luke sich nicht an sie erinnern kann, weiß Leia Interessantes über ihre Mama zu berichten. Es fallen Sätze wie „Sie war gütig", aber auch „Als sie starb, war ich noch sehr jung". Wie kann sich Leia an ihre Mutter erinnern, wenn sie doch bei der Geburt ihrer Tochter starb? Eine offizielle Antwort gibt es nicht, zuletzt versuchte die Serie *Obi-Wan Kenobi* es damit, dass der Jedi der jungen Leia einige Dinge über ihre Mutter erzählt. Ansonsten existieren Fantheorien darüber, dass Leia ihre Erinnerungen durch die Macht erhalten haben könnte.

Multitalent

Donald Glover ist in *Solo – A Star Wars Story* als Lando Calrissian zu sehen. Wenn Glover aber gerade einmal nicht vor der Kamera steht, produziert der Schauspieler eigene Musik. Als Rapper Childish Gambino ist er ebenfalls sehr erfolgreich und gewann sogar einen Grammy. In seinen Songs spricht Glover regelmäßig die Diskriminierung und Ungleichbehandlung von schwarzen Menschen in den USA an.

kurz & knapp

Hätte durch ihn die Order 66 verhindert werden können? In *The Clone Wars* entdeckte ein Klonsoldat namens Fives einen Mikrochip im Kopf eines anderen Soldaten und kam der Verschwörung durch Palpatine auf die Schliche. Leider wurde er ermordet, bevor er alles aufdecken konnte.

Obwohl James Earl Jones als die Stimme von Darth Vader im Abspann der Serie *Obi-Wan Kenobi* steht, hat er nicht eine Zeile Text dafür eingesprochen. Aus Archivmaterial der Original-Trilogie haben die Sounddesigner mittels Computertechnik seine imposante Stimme nachgebaut.

Die Waffe von Cassian Andor ist eine Bryar-Blasterpistole. Es ist das erste Mal, dass diese Waffe im Star-Wars-Universum zum Einsatz kommt, auch wenn bekannt ist, dass beispielsweise Jedi-Meister Kyle Katarn ein großer Fan dieser Waffe war.

kurz & knapp

Der Droide R2-D2 hat eine besondere Fangemeinde im spanischsprachigen Raum. Das Ganze geht auf ein Missverständnis zurück. Der Name des Droiden klingt, spricht man ihn auf Englisch „Artu ditu“ aus, sehr ähnlich wie das spanische „Arturito“, die verniedlichte Form des Namens Artur.

Die Basis von Saw Gerrera in *Rogue One* befindet sich auf dem Mond Jedha. An den Wänden der Höhle befinden sich Gemälde von merkwürdigen Kreaturen. Hier könnt ihr unter anderem Godzilla entdecken.

Wenn Chewbacca brüllt, hören alle zu. Seine „Stimme“ wurde von Sounddesigner Ben Burtt erschaffen. Er mischte dafür verschiedene Tierlaute von Walrossen, Bären, Löwen, Dachsen, Kamelen und Tigern zusammen.

Für die Statisten am Set von *Rogue One* galt Rasierverbot. Sie sollten sich Schnurrbärte und Koteletten stehen lassen, damit die Optik mit *Episode IV – Eine neue Hoffnung* übereinstimmte, der zeitlich ja direkt anschließt.

Gigantomanie

Als das Imperium den zweiten Todesstern baut, will es demonstrieren, zu welcher Macht es fähig ist. Unter der Leitung von Moff Tiaan Jerjerrod entsteht eine Raumstation, die noch einmal gewaltiger werden soll als ihr Vorgänger. Der Durchmesser soll 900 Kilometer betragen, mehr als fünfmal so viel, wie beim ersten Todesstern. Dazu wird natürlich darauf geachtet, dass kein Lüftungsschacht mehr direkt von der Oberfläche zum Reaktorkern führt. Über 25.000 Sturmtruppen und 400.000 Droiden hätten hier Platz gefunden. Glücklicherweise wird der zweite Todesstern nie fertiggestellt.

Handkantenschlag

Teräs Käsi ist eine waffenlose Nahkampftechnik. Sie wurde speziell zur Abwehr von Jedi entwickelt, harmoniert aber auch sehr gut mit dem Einsatz eines Lichtschwerts. Ein bekannter Kämpfer war Darth Maul, gut zu sehen in *Episode I – Die dunkle Bedrohung*. Aber auch die Gardisten von Imperator Palpatine und dem Obersten Anführer Snoke verstehen sich auf die Kampftechnik. Nur wenige wussten lange Zeit, dass der Stil, der übersetzt so viel wie „Stählerne Hand“ bedeutet, überhaupt existiert. Noch weniger beherrschen die Technik, weswegen Teräs Käsi sehr selten in der Galaxis geworden ist.

Verräterische Videospiele

Wir alle kennen sie, wir alle hassen sie und wahrscheinlich jeder von uns ist ihnen schon einmal zum Opfer gefallen. Die Rede ist von Spoilern, ungewollt erhaltene Informationen über einen Film, ein Buch oder sonst eine Geschichte. Wer stirbt wann? Wer verliebt sich? Wer gewinnt das Spiel? Ihr wisst, was gemeint ist. Videospielfans hatten es im Jahr 2005 schwer, vor Erscheinen von *Episode III – Die Rache der Sith* nichts über die Story oder Charaktere verraten zu bekommen. Der Film startete am 19. Mai weltweit in den Kinos. Bereits knapp zwei Monate vorher, am 29. März, erschien allerdings schon *Lego Star Wars – The Video Game* für Playstation 2, Microsoft Xbox, Gameboy Advance und den PC. Im Spiel durchlauft ihr die Story der Prequel-Trilogie, also Episoden *I, II* und eben auch *III*, die man zu dem Zeitpunkt ja noch gar nicht kannte.

Gastro-Freibeuter

Maz Kanata betreibt in *Episode VII – Das Erwachen der Macht* eine Taverne in einem alten Kastell auf dem Planeten Takodana. Trotz ihrer geringen Größe von nur 1,24 Metern sollte man sie nicht unterschätzen. Vor ihrer Zeit in der Gastronomie war sie eine gefürchtete Piratin und sorgte für Angst und Schrecken in der Galaxis. Zu ihrer Crew gehörte übrigens auch Dexter Jettster, der in *Episode II – Angriff der Klonkrieger* einen Imbiss leitet und Obi-Wan auf die Spur der Kaminoaner bringt.

Bitte, was bist du?

Wenn man heutzutage die Begriffe „Jedi" und „Sith" verwendet, weiß so ziemlich jeder halbwegs an *Star Wars* Interessierte, wer oder was gemeint ist. Ein Jedi steht auf der guten Hellen Seite der Macht, ein Sith wiederum auf der bösen Dunklen Seite. Seit *Episode IV – Eine neue Hoffnung* wissen die Fans, was ein Jedi ist. Aber tatsächlich wussten sie damals noch nicht, dass die Kämpfer auf der anderen Seite Sith genannt werden. In den Filmen taucht die Bezeichnung erst in *Episode I – Die dunkle Bedrohung* auf. Vorher konnte man den Begriff lediglich in Büchern oder Begleitmaterial zu *Star Wars* finden.

Wir machen aus Pudding Muskeln

Dein Körper ist das Resultat deiner Routinen und deines Lebensstils. Soll sich dein Körper ändern, musst du deine Routinen ändern. Das gilt für „normale" Menschen wie für Schauspieler. Um sich für ihre Rollen in *Episode VII – Das Erwachen der Macht* wieder in Form zu bringen, mussten Mark Hamill und Carrie Fisher ein paar Pfunde abspecken. Sie durchliefen eine strenge Diät und absolvierten Stunttraining. Als sie ans Set kamen, waren sie dadurch in guter körperlicher Verfassung.

Ruhm als Verhängnis

Während manch einer bis heute von seinem Ruhm durch *Star Wars* zehrt, wurde die Sternensaga für andere zum Verhängnis. Für Jake Lloyd entwickelte sich die Rolle als junger Anakin in *Episode I* zum Beginn eines langen Abstiegs. Nach dem Kinostart waren die Kritiken für Film und Lloyd nicht gerade berauschend. Der Neunjährige sah sich jeder Menge Hänseleien und Gemeinheiten seiner Mitschüler gegenüber. Aber auch auf der Straße wurde der Junge offen beleidigt und mit Häme überzogen. In der Folge wechselte er die Schule und beendete seine noch junge Schauspielkarriere. Als Erwachsener versuchte er sich an einem Studium, brach dies aber nach nur einem Semester wieder ab. Im Jahr 2015 wurde er verhaftet, nachdem er betrunken Auto gefahren war und sich bei der Verhaftung widersetzt hatte. Ein Jahr später diagnostizierten die Ärzte bei ihm Schizophrenie und er wurde in eine psychiatrische Klinik eingewiesen. Seitdem ist es still um Jake Lloyd, zuletzt erzählte seine Mutter im Jahr 2020, dass er immer noch sehr krank sei und mittlerweile wieder ganz in der Nähe seiner Eltern leben würde.

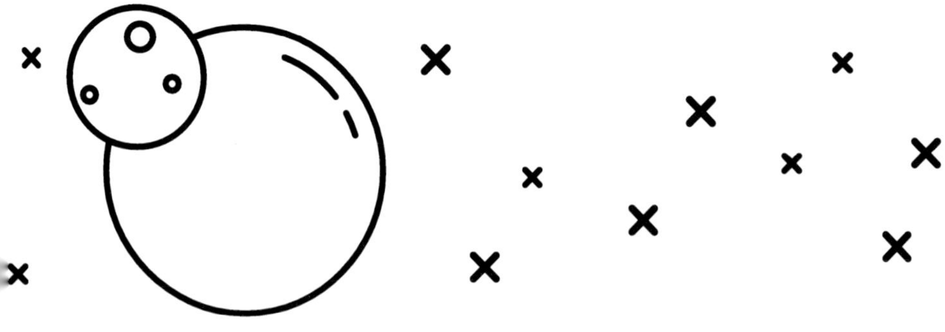

Man schweigt Deutsch

Das Design von C-3PO geht maßgeblich auf einen deutschen Stummfilm von 1927 zurück. Für Fritz Langs *Metropolis* kreierte der Kostümbildner Walter Schulze-Mittendorff den Maschinenmenschen, der als Inspiration für den Protokolldroiden diente. Anthony Daniels orientierte sich für seine Bewegungen in der goldenen Rüstung, wie er beispielsweise die Arme hebt oder den Kopf dreht, ebenfalls an der Darstellung aus dem Filmklassiker. In frühen Konzeptzeichnungen schaut der goldene Droide seinem Vorbild noch deutlich ähnlicher.

Zum Glück nicht der Lokus

Zum Beginn von *Episode III – Die Rache der Sith* befinden wir uns in einem Gefecht im All. Nachdem das zweite Separatistenschiff zerstört wurde, fliegt ein Trümmerteil davon in den Sternzerstörer der Klonarmee und zerschellt an dessen Oberfläche. Dieses Trümmerstück ist eine animierte Küchenspüle. Die Tricktechniker von Industrial Light and Magic erlaubten sich hier einen kleinen Scherz, der darauf zurückgeht, dass einer von ihnen bei der Erstellung der Szene meinte: „Wir werfen ihnen in der Szene alles entgegen, sogar die Küchenspüle."

Ein Riesentyp

Peter Mayhew hatte einen Job als Krankenpfleger, als er zum Vorsprechen für eine Rolle in *Star Wars* kam. Mit seiner alle überragenden Höhe von 2,21 Metern fiel er George Lucas sofort auf, der ihn vom Fleck weg für die Rolle des Chewbacca castete. Allerdings wollte der sanfte Gigant nicht einfach so sein altes Leben aufgeben. Er arbeitete weiter als Krankenpfleger, wenn er nicht für eine Episode der Original-Trilogie vor der Kamera stand. Als er am 30. April 2019 starb, sagte George Lucas über ihn: „Er war so sehr ein Wookiee, wie man als Mensch nur sein kann: Ein großes Herz, eine freundliche Natur und ich habe gelernt, ihn immer gewinnen zu lassen."

Der Tod als Erlösung

Der Chefingenieur, der maßgeblich den Bau des Todessterns geplant und überwacht hat, hörte auf den Namen Bevel Lemelisk. Da der Bau einen fatalen Konstruktionsfehler hatte, ein Lüftungsschacht, durch den man Protonentorpedos bis zum Hauptreaktor schießen konnte, wurde Lemelisk nach dessen Zerstörung hart vom Imperator bestraft. Er ließ ihn gleich mehrmals umbringen, nur um ihn anschließend wiederzubeleben – bis der Sith es irgendwann bleiben ließ.

kurz & knapp

Die Requisiteure am Set von *Episode IV – Eine neue Hoffnung* verwendeten jede Menge alten Elektroschrott, um Gegenstände für den Film zu erschaffen. So besteht beispielsweise das Fernglas, durch das Luke die Sandleute beobachtet, aus aneinander geklebten Kameralinsen.

In *Episode VIII – Die letzten Jedi* sehen wir ein kleines Alien, wie es im Casino von Canto Bight den Droiden BB-8 mit einem Automaten verwechselt und ein paar Münzen in ihn einwirft. In der Originalfassung wird dieses Alien – sein Name ist übrigens Dobbu Scay – von Mark Hamill gesprochen.

Im Jahr 1997 erschienen die Episoden *IV–VI* als Special Edition neu im Kino. Hier wurden diverse Spezialeffekte nachträglich digital überarbeitet und einige Szenen neu hinzugefügt, beispielsweise ein langes Gespräch zwischen Han Solo und Jabba dem Hutten in *Episode IV*.

kurz & knapp

Um sich auf seine Rolle als Cassian Andor einzustimmen, durchlief Schauspieler Diego Luna eine harte Vorbereitung. Mehrere Wochen unterzog er sich einer Militärausbildung, ging Zelten im Wald und absolvierte ein Überlebenstraining.

Viele der Häuser, die für den Dreh von *Episode IV – Eine neue Hoffnung* in Tunesien gebaut wurden, stehen heute noch und werden genutzt. Die Feuchtfarm, auf der Luke aufwuchs, ist heute ein Hotel.

Das Design der Kaminoaner in *Episode II – Angriff der Klonkrieger* war eine Hommage von George Lucas an seinen Freund Steven Spielberg. Seine Außerirdischen in *Unheimliche Begegnungen der dritten Art* sehen ähnlich aus.

2002 gab es in den Kinder Überraschungseiern Happy Hippos im Star-Wars-Design. Unter dem Slogan „Das Hipperium spielt verrückt“ galt es, 15 Figuren in jedem siebten Ei zu finden. Dazu gab es ein passendes Diorama in Form eines Millennium Falken.

Kick it like Han Solo

Noch regelmäßiger als ein neuer Star-Wars-Film findet alle vier Jahre die Fifa Fußballweltmeisterschaft statt. Anlässlich der sportlichen Großveranstaltung bringen Firmen, die irgendwie mit dem runden Leder in Verbindung stehen, besonders originelle Werbespots heraus, um ihre Produkte bestmöglich zu präsentieren. So auch im Jahr 2010, als sich die Welt zum Kick in Südafrika traf. Sportartikelhersteller Adidas erschuf einen knapp zwei Minuten langen Werbefilm, in dem sie die Cantina-Szene aus *Episode IV* nahmen und einzelne Figuren digital mit Prominenten unserer Zeit ersetzten. Umgebaut in eine Sportsbar, unterhält sich Fußballer David Beckham jetzt mit Greedo, die Musiker von Daft Punk lassen sich von Han Solo den Millennium Falken erklären und Rapper Snoop Dogg schlägt Ponda Babba nach einem Wortgefecht mit dem Lichtschwert einen Arm ab.

Zeitverschiebung

Heutzutage kaum vorstellbar, aber *Episode I* hatte keinen weltweit gleichzeitigen Kinostart. In den USA feierte der Film am 19. Mai 1999 Premiere. In Deutschland hingegen startete der Streifen erst volle drei Monate später, am 19. August. Dafür fanden sich in Magazinen Sonderberichte über Fans, die für einen früheren Kinogang extra in die USA flogen oder auf amerikanischen Militärbasen in Deutschland eine Vorstellung sehen konnten.

Handgemacht

Dass die Spezialeffekte schon immer eine große Rolle bei *Star Wars* gespielt haben, ist wahrlich kein Geheimnis. Über die Jahre und Episoden und gerade mit den verbesserten Fähigkeiten des Computers sind die Filme immer gigantischer geworden. Da mutet es direkt sympathisch altmodisch an, dass in den Episoden *VII–IX* der Droide BB-8 häufig eben kein am Computer entstandener Charakter ist, was hinsichtlich seiner Kugelfigur bestimmt einfacher gewesen wäre. Da Regisseur J. J. Abrams es authentischer haben wollte, entwickelten die Techniker bei Disney Research mehrere echte Modelle des Astromech-Droiden. Insgesamt sieben Variationen von BB-8 kamen bei dem Dreh zum Einsatz. Ein vollständig beweglicher rollte während der Star Wars Celebration 2015 auf die Bühne.

Ka Ching

Im Jahr 2005 gab es auf den Cookinseln im Südpazifik anlässlich des 30. Jubiläums offizielle Münzen, auf denen Figuren und Motive aus *Star Wars* abgebildet waren. Mittlerweile längst vergriffen, müsstet ihr tief in die Tasche greifen, um eines der Stücke zu erstehen. Eine Münze mit dem nominellen Wert von einem US-Dollar kostet bei Händlern aktuell 160 US-Dollar. Im Jahr 2020 kamen weitere Sondereditionen auf den Markt, doch auch diese sind längst in Sammlerhänden.

Die neue Yoda-Puppe, die für *Episode I – Die dunkle Bedrohung* zum Einsatz kam, war so schwer, dass der Puppenspieler Frank Oz sie manchmal einfach nicht mehr halten konnte. Die Takes wurden unter lautem Fluchen von ihm abgebrochen.

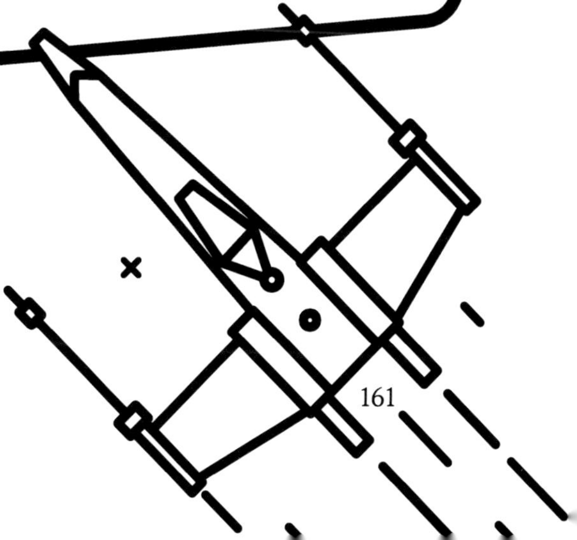

Dem Tod von der Schippe gesprungen

Dass Han Solo in *Episode VI – Die Rückkehr der Jedi-Ritter* am Ende mit seinen Freunden den Sieg über das Imperium feiern kann, war lange Zeit nicht sicher. Gut möglich wäre es auch gewesen, dass der Schmuggler während des Films stirbt. Sogar Harrison Ford stand dem sehr offen gegenüber, er empfand seine Geschichte als auserzählt. Warum die Figur sich nicht opfern lassen, um damit die anderen zu retten? Außerdem würde es der Geschichte weitere Dramatik verleihen. Ein anderer Kandidat für einen möglichen Tod war übrigens auch Luke Skywalker. In beiden Fällen befand George Lucas, dass ein vorzeitiges Ableben ein zu düsteres Licht auf einen an Kinder gerichteten Film werfen würde. Unsere Helden sollten überleben.

Persönliche Vorlieben

Eine der wichtigsten Figuren in der Serie *The Clone Wars* ist Jedi-Meister Plo Koon. Abgesehen von den Hauptfiguren wie Yoda und Obi-Wan Kenobi ist er der Jedi aus dem Hohen Rat, der am häufigsten zu sehen und regelmäßig auf Missionen unterwegs ist. Gut möglich, dass dies maßgeblich auf Regisseur Dave Filoni zurückgeht. Der Kel'Dorianer Jedi ist sein Lieblingscharakter des Universums. In den Filmen hatte Plo Koon hingegen eher wenig zu tun. Meistens sahen wir ihn nur im Hohen Rat im Hintergrund sitzen.

Mehrfach begabt

Manchmal braucht man etwas Ablenkung vom ewigen Kampf gegen das Imperium. Sabine Wren aus der Serie *Star Wars Rebels* fokussiert sich dabei auf die schöpferische Kraft von Spraydose und Pinsel. Die Mandalorianerin besitzt große Fähigkeiten mit Explosivgemischen und als Strategin, dazu ist das Crewmitglied der Ghost eine talentierte Graffiti-Künstlerin. Eines ihrer Werke diente der aufstrebenden Rebellion als Inspiration für ihr Abzeichen. Deswegen trägt Luke Skywalker einen stilisierten Phoenix, auch bekannt als Sternenvogel, auf dem Helm, ein ähnliches Geschöpf malte Wren bereits in der Serie an die Wand.

Male mal was Schönes

Dass *Star Wars* überhaupt realisiert werden konnte, liegt zu einem großen Teil an Ralph McQuarrie. Der Illustrator und Grafiker wurde 1975 von George Lucas beauftragt, die ersten Entwürfe von Planeten und Figuren zu zeichnen. Mit den Bildern ging Lucas anschließend zu den Filmstudios und fragte nach einer Finanzierung. Letztendlich waren es die Zeichnungen von McQuarrie, welche die Verantwortlichen bei 20th Century Fox von dem Projekt überzeugen konnten. In der Folge schuf er auch die Konzeptbilder zu den anderen Filmen der Original-Trilogie.

Yes we won't

Im November 2012 wurde in den USA eine Online-Petition erstellt, deren Ziel es war, dass das Weiße Haus 2016 mit dem Bau eines Todessterns beginnen solle. Insgesamt 34.400 Menschen unterzeichneten den Antrag, weswegen sich die Regierung offiziell damit beschäftigen musste. Sie wies den Antrag zurück, weil er zu teuer und nicht ausgearbeitet war und der Politik, keine Planeten explodieren zu lassen, entgegenstand. Paul Shawcross, Chef der Wissenschaft- und Weltraumabteilung im Finanzsektor des Weißen Hauses, sagte zudem: „Warum sollten wir unzählige Steuergelder für einen Todesstern ausgeben, der einen grundlegenden Fehler aufweist, den ein Ein-Mann-Raumschiff ausnutzen kann?"

Keine ruhige Kugel schieben

Noch bevor *Star Wars* in die Welt der Videospiele einzog, eroberte das Universum einen anderen Bereich der Spielhallen. Die australische Firma Hankin produzierte 1980 den ersten Flipper im Design von *Episode V – Das Imperium schlägt zurück*. Es ist ein klassisch aufgebauter Automat, die Kugel schießt von rechts auf den Tisch und kann von euch durch allerlei Tore und Rampen befördert werden, um Punkte zu erzielen. Interessanterweise gibt es hier aber nicht die originale Melodie zu hören und die Malereien an den Seiten wirken irgendwie auch nicht ganz richtig.

Von oben geht's nur noch bergab

Mark Hamill war sehr erschöpft. Um zum Drehort auf der Insel Skellig Michael, in *Episode VIII – Die letzten Jedi* der Platz des ersten Jedi-Tempels auf Ahch-To, zu gelangen, musste er einen knapp 183 Meter hohen Gipfel erklimmen. Ganz schön anstrengend für einen Mann Mitte 60. Um sich einen erneuten Anstieg zu ersparen, schlug er vor, er könne doch dort oben bleiben. Er hätte auch ein Zelt und überhaupt wäre das doch total dufte, um im Charakter Luke Skywalker zu bleiben. Zu seinem Leidwesen wurde ihm untersagt, ein Zelt aufzustellen, schließlich handelt es sich bei dem Drehort um ein Unesco Welterbe. So musste der „arme" Hamill doch im Hotel übernachten.

Musikalische Verpflichtung

John Williams meldete sich persönlich bei Kathleen Kennedy, Präsidentin von Lucasfilm, und bat darum, ein Stück für den Soundtrack von *Obi-Wan Kenobi* komponieren zu dürfen. Er schrieb zuvor den Soundtrack für alle Star-Wars-Kinofilme. Nach dem Abschluss der Sequel-Trilogie hatte er eigentlich seinen Star-Wars-Job für beendet erklärt. Den Großteil der Musik für die Serie schrieb Natalie Holt. Williams jedoch fühlte sich verpflichtet, Obi-Wan noch ein eigenes Charakter-Thema zu schreiben. Es ertönt im Vorspann einer jeden Folge.

Da hilft kein Pflaster

Wir haben in der Saga einige abgetrennte Gliedmaßen zu sehen bekommen. Aber *Episode III – Die Rache der Sith* schockiert am Ende noch eine Spur mehr. Darin zu sehen: Bilder von Anakin Skywalker, wie er nach dem Kampf mit Obi-Wan ohne Gliedmaße und durch Verbrennungen stark verletzt zurückbleibt. Um den gefallenen Jedi dermaßen entstellt zeigen zu können, nahmen die Filmemacher sogar eine höhere Altersfreigabe in Kauf. In den USA ist der dritte Teil mit einem PG-13-Rating versehen, wodurch Minderjährige den Film erst ab dem Teenager-Alter allein ansehen durften. Die vorigen Filme waren bereits für jüngere Kinder freigegeben.

Wen sehen wir da?

Pedro Pascal spielt den Mandalorianer in der Spin-Off-Serie *The Mandalorian.* Unterstützt wird er von gleich zwei Stuntmännern. Brendan Wayne steckt unter dem Helm, wenn es zum Einsatz von Schusswaffen kommt. Lateef Crowder schlüpft in die Beskar-Rüstung, wenn Din Djarin in einen Faustkampf verwickelt wird. Tatsächlich soll es früher oder später darauf hinauslaufen, dass Pascal gar nicht mehr aktiv vor der Kamera stehen, sondern seinen Text nachträglich einsprechen wird. Wer sich gerade in der Rüstung befindet, sieht man Dank des Helms, den der Mandalorianer nicht abnimmt, ohnehin nicht.

Auf Tour

Nachdem *Episode IV – Eine neue Hoffnung* in den US-amerikanischen Großstädten im Frühjahr 1978 erfolgreich gestartet war, machte man sich auf den Weg, auch die Kleinstädte von der Macht zu überzeugen. Damals, in Zeiten vor dem Internet, vor YouTube, Globalisierung und solchen Dingen, war die Welt noch eine andere und infolge auch die Werbemaßnahmen. Man setzte darauf, mit Persönlichkeit zu überzeugen. Also schickte man Darth Vader, die berühmteste Figur der Galaxis, persönlich auf große Werbetour. Der Schauspieler Kermit Eller wurde damit beauftragt, durchs Land zu reisen und als Dunkler Lord kostümiert in Spielzeugläden, auf Paraden und anderen Anlässen auf dem Kontinent zu erscheinen, Fotos zu signieren und ordentlich die Werbetrommel zu rühren. Interessanterweise wurde er dabei mitunter begleitet von einem damals unbekannten und auch gar nicht im Film auftauchenden Kopfgeldjäger, den wir heute als Boba Fett kennen. Was es wohl mit dem auf sich haben sollte?

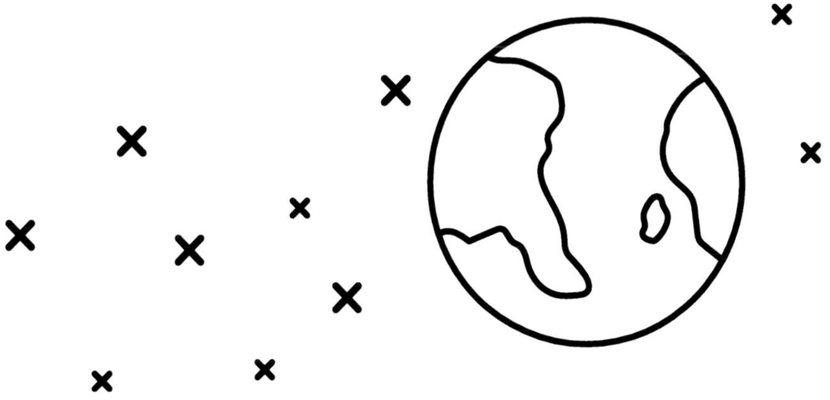

Wieder erstarkte Freundschaft

Habt ihr euch auch mal gefragt, warum sich Luke Skywalker in *Episode IV – Eine neue Hoffnung* kurz vor dem Abflug in die Schlacht um den ersten Todesstern so wahnsinnig freut, einen euch unbekannten jungen Mann auf dem Rebellenstützpunkt wiederzusehen? Nun, dann wollen wir mal das Geheimnis lüften. Bei dem Mann handelt es sich um Biggs Darklighter, Lukes besten Freund von Tatooine. Er gehört zu denen, die bereits ein Jahr früher auf die Akademie gegangen sind, wie es Tante Beru am Anfang des Films erwähnt. Es gibt ein paar Szenen mit Biggs, in denen er mit Luke und ein paar anderen auf der Tosche-Station in Anchorhead abhängt. Diese hätten die Freundschaft der beiden genauer beleuchtet, wurden damals aber aus dem Film herausgeschnitten. Ihr findet sie als Bonusmaterial auf der Blu-Ray des Films.

Muttergefühle?

Warwick Davis hatte einen harten Job am Set von *Episode VI – Die Rückkehr der Jedi-Ritter.* Der Elfjährige steckte auch an heißen Drehtagen die ganze Zeit im Ewok-Kostüm von Wicket. Carrie Fisher lag sein Wohlergehen sehr am Herzen. Sie versorgte ihn zwischen den Dreharbeiten eifrig mit Keksen und Schokoladenmilch, damit es dem Jungen gut ging.

kurz & knapp

George Lucas wollte nicht, dass am Set von *Episode IV – Eine neue Hoffnung* aufgeräumt wird, um die Authentizität des Drehs nicht zu verändern. Er verdreckte sogar absichtlich das Studio. Blöd nur, dass abends trotzdem eine Putzkolonne vorbeikam, die rigoros sauber machte und nicht davon abzubringen war. Also musste am nächsten Morgen alles wieder unordentlich gemacht werden.

Count Dooku wurde für die portugiesische Synchronisation umbenannt in „Dookan". Der Hintergrund ist, dass das Portugiesische „do cu", welches genau so betont wird wie der Separatistenanführer, übersetzt so viel wie „aus dem Ar…" bedeutet.

Die Vermarktung von *Star Wars* kennt bis heute fast keine Grenzen. Eigentlich gibt es keinen Artikel, auf dem nicht schon einmal ein Gesicht aus der Saga drauf war, um den Verkauf anzukurbeln. 1983 gab es in Australien sogar Hundefutter mit Aufklebern aus dem Universum.

kurz & knapp

In der letzten Folge der ersten Staffel von *The Mandalorian* erscheint Moff Gideon auf dem Planeten Nevarro. Unterstützt wird er von einer Gruppe Sturmtruppler, die immer noch ihre imperialen Rüstungen tragen. Hierbei handelt es sich zu einem großen Teil um Star-Wars-Fans aus der 501. Legion, dem weltweit tätigen Kostümklub.

Es fehlte nicht viel und die Original-Trilogie hätte ganz anders geendet. In einer Besprechung schlug George Lucas die Idee vor, dass Luke, nachdem Darth Vader die Maske abgenommen und in seinen Armen gestorben war, sich selbst die Maske aufsetzt und die Worte sagt: „Jetzt bin ich Vader."

Armitage Hux ist General der Ersten Ordnung und ein Rivale von Kylo Ren im Kampf um die Gunst des Obersten Anführers Snoke. Der Name der Figur kam J. J. Abrams in den Sinn, als er auf einem Friedhof an einem abseits gelegenen Grabstein mit dem Namen Hux vorbeilief.

Liebevolle Revanche

In *Episode V – Das Imperium schlägt zurück* kommt es zwischen Han und Leia zu dem denkwürdigen Dialog, als sie ihm, kurz bevor er in Karbonit eingefroren wird, zuruft: „Ich liebe dich“. Der coole Schmuggler entgegnet daraufhin: „Ich weiß“. Einen Film später revanchiert sich die Prinzessin. Als der Rebellentrupp auf Endor in *Episode VI – Die Rückkehr der Jedi-Ritter* gegen die imperialen Truppen kämpft, hält ein Sturmtruppler eine Waffe an Hans Kopf. Die vor ihm kauernde Leia zieht versteckt einen Blaster. Kurz bevor Han zur Seite weicht und Leia schießt, flüstert er ihr zu: „Ich liebe dich“, woraufhin es diesmal die Prinzessin ist, die mit „Ich weiß“ reagiert.

Wandernde Wunden

In *Episode VII – Das Erwachen der Macht* schlägt Rey mit dem Lichtschwert auf Kylo Rens Gesicht. Der Dunkle Ritter erleidet in der Folge eine Platzwunde, die über Stirn und Nase bis zur Wange reicht. Im folgenden Film allerdings ist die Verletzung nach rechts gewandert, mehr zu seinem Auge und weg von der Nase. Regisseur Rian Johnson gab später zu, die Wunde verschoben zu haben, weil der Schorf auf der Nase komisch ausgesehen habe. Außerdem würde die Verletzung jetzt besser zu Anakin passen, der in *Episode III – Die Rache der Sith* auch eine Narbe am rechten Auge hat.

Fast hätte es *Star Wars* nie gegeben

Heute eigentlich undenkbar, aber George Lucas hatte als junger Mann noch keine Visionen oder Pläne für Kinofilme, geschweige denn, eine Sternensaga zu erschaffen. Seine große Leidenschaft waren Autorennen. Während seiner Zeit an der Highschool hing er in Garagen ab oder fuhr auf Kartbahnen herum. Am 12. Juni 1962 entkam er nur knapp dem Tod, als er sich mit seinem Wagen bei einem schweren Unfall mehrfach überschlug und gegen einen Baum krachte. Glücklicherweise ging sein Gurt rechtzeitig auf und er wurde aus dem Auto geschleudert, was sein Leben rettete. Nach diesem Erlebnis verlor er sämtliches Interesse an Autorennen.

Vergessene Tagebücher

Anfangs hieß die beliebte Sternensaga noch nicht *Star Wars*. Die ersten Drehbuchentwürfe trugen noch den Titel *Das Tagebuch der Whills*. Die Idee von George Lucas war es, dass die eigentliche Geschichte, wie wir sie kennen, von unsterblichen, gottähnlichen Kreaturen, den Whills, erzählt wird. Schlussendlich wurde der Plan von Lucas verworfen, einzelne Ideen für das Wesen der Whills wurden für das Konzept der Macht übernommen. In den Büchern zum ersten Film und zu *Episode VII – Das Erwachen der Macht* werden die Whills aber noch erwähnt. Völlig aus dem Star-Wars-Universum verschwunden sind sie also nicht.

Mace Windu ist der einzige Jedi mit einem lila Lichtschwert. Dies war ein spezieller Wunsch von Schauspieler Samuel L. Jackson, um sich von den anderen Jedi abzuheben.

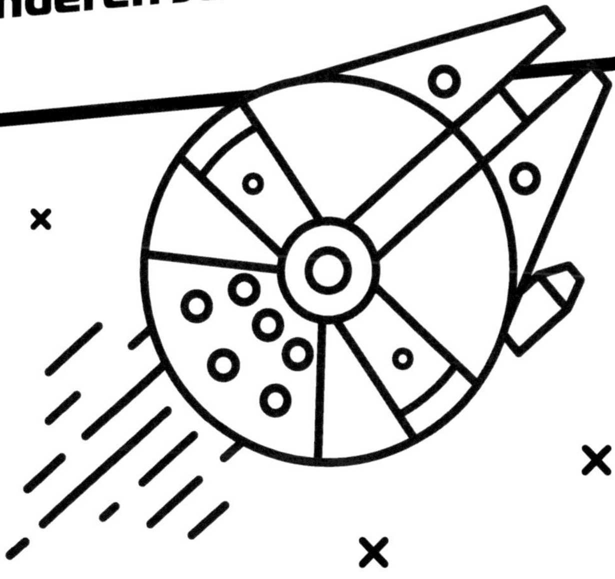

Zitat-Quellen

Star Wars: Episode I – Die dunkle Bedrohung
(Lucasfilm Ltd., 1999)

Star Wars: Episode II – Angriff der Klonkrieger
(Lucasfilm Ltd., 2002)

Star Wars: Episode III – Die Rache der Sith
(Lucasfilm Ltd., 2005)

Star Wars: Episode IV – Eine neue Hoffnung
(20th Century Studios, 1977)

Star Wars: Episode V – Das Imperium schlägt zurück
(Lucasfilm Ltd., 1980)

Star Wars: Episode VI – Die Rückkehr der Jedi-Ritter
(Lucasfilm Ltd., 1983)

Star Wars: Episode VII – Das Erwachen der Macht
(Lucasfilm Ltd., 2015)

Star Wars: Episode VIII – Die letzten Jedi
(Lucasfilm Ltd., 2017)

Star Wars: Episode IX – Der Aufstieg Skywalkers
(Lucasfilm Ltd., 2019)

Star Wars – Rogue One
(Lucasfilm Ltd. LCC, 2016)

Solo – A Star Wars Story
(Lucasfilm Ltd. LCC, 2018)

FSC
www.fsc.org
MIX
Papier | Fördert
gute Waldnutzung
FSC® C083411

Zeitfracht Medien GmbH
Ferdinand-Jühlke-Straße 7
99095 Erfurt, Deutschland
produktsicherheit@kolibri360.de